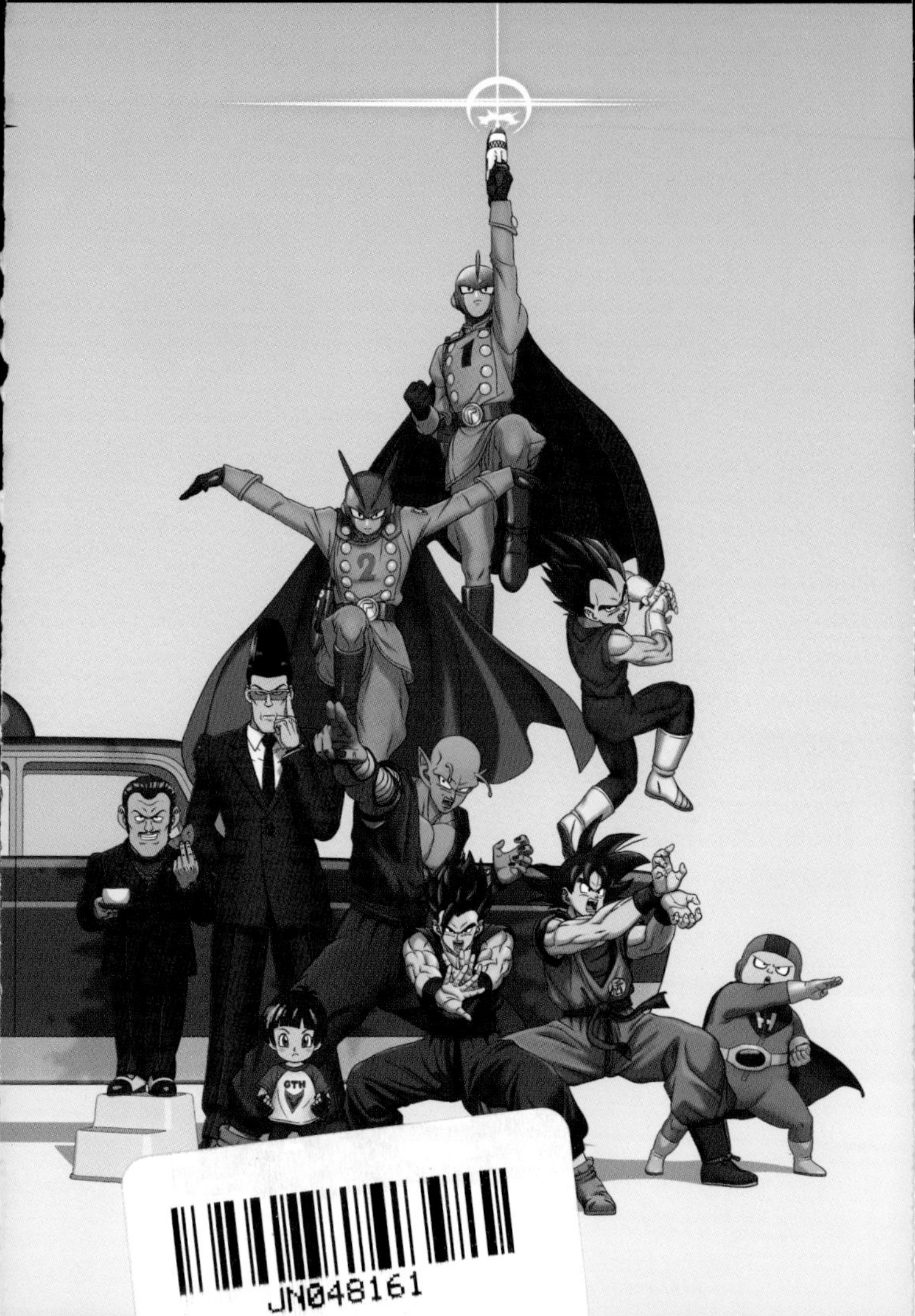




LL SUPER

CHARA
DRAGONBA
SU
HE
ガンマ1号《ごう》
GAMMA I
Dr.《ドクター》ヘドが生《う》み出《だ》した人造人《じんぞうにん》間《げん》の1号機《ごうき》。忠誠心《ちゅうせいしん》が強《つよ》く冷《れい》静沈着《せいちんちゃく》な性格《せいかく》。
孫悟飯《そんごはん》
SON GOHAN
悟空《ごくう》の長男《ちょうなん》。潜在能力《せんさいのうりょく》は父以上《ちちいじょう》だが、闘《たたか》いを好《この》まぬ心優《こころやさ》しき青年《せいねん》。
ベジータ
VEGETA
誇《ほこ》り高《たか》きサイヤ人《じん》の王《おう》子《じ》。ライバルである悟《ご》空《くう》と共《とも》に修業中《しゅぎょうちゅう》。
孫悟天《そんごてん》
SON GOTEN
悟空《ごくう》の次男《じなん》。マイペースな性格《せいかく》だが、兄同様《あにどうよう》に高《たか》い潜在《せんざい》能力《のうりょく》を持《も》つ。
トランクス
TRUNKS
ベジータとブルマの息子《むすこ》。幼《おさな》い頃《ころ》から父《ちち》に鍛《きた》えられている。
人造人間《じんぞうにんげん》18号《ごう》
ANDROID 18
クリリンの妻《つま》でDr.《ドクター》ゲロに作《つく》られた人造人間《じんぞうにんげん》。高《たか》い戦闘力《せんとうりょく》は健在《けんざい》。
クリリン
KRILLIN
POLICE
悟空《ごくう》の親友《しんゆう》。地球《ちきゅう》人《じん》としての戦闘力《せんとうりょく》はトップクラスで現在《げんざい》は警察官《けいさつかん》。
孫悟空《そんごくう》
SON GOKU
地球育《ちきゅうそだ》ちのサイヤ人《じん》。さらなる強《つよ》さを求《もと》め、ウイスのもとで修業中《しゅぎょうちゅう》。

CTER

LL SUPER

PER

RO

## ガンマ2号《ごう》

GAMMA 2

Dr.《ドクター》ヘドが生《う》み出《だ》した人造人《じんぞうにん》間《げん》の2号機《ごうき》。1号機《ごうき》よりノリが軽《かる》く挑戦的《ちょうせんてき》。

## パン

PAN

3歳《さい》になる悟飯《ごはん》の娘《むすめ》。父《ちち》と同様《どうよう》にピッコロのことを慕《した》っている。

## ピッコロ

PICCOLO

かつて悟空《ごくう》の宿敵《しゅくてき》だった孤高《ここう》のナメック星人《せいじん》。悟《ご》飯《はん》やパンの師匠《ししょう》である。

## Dr.《ドクター》ヘド

DR.HEDO

レッドリボン軍《ぐん》に雇《やと》われた天才科学《てんさいかがく》者《しゃ》。新《あら》たな人造人《じんぞうにん》間《げん》を生《う》み出《だ》す。

## マゼンタ

MAGENTA

レッド製薬《せいやく》の社長《しゃちょう》。レッドリボン軍再建《ぐんさいけん》のために暗躍《あんやく》している。

## ブロリー

BROLY

最凶《さいきょう》の潜在《せんざい》パワーを持《も》つサイヤ人《じん》。普段《ふだん》はおだやかな性格《せいかく》の持《も》ち主《ぬし》。

## カーマイン

CARMINE

マゼンタの側近《そっきん》。任務遂行《にんむすいこう》のためには手段《しゅだん》を選《えら》ばない冷徹《れいてつ》な男《おとこ》。

## ブルマ

BULMA

ベジータの妻《つま》にしてトランクスの母《はは》。天才科学《てんさいかがく》者《しゃ》としても有名《ゆうめい》。

ドラゴンボールスーパー

# DRAGON BALL 超 SUPER

スーパーヒーロー

## SUPER HERO

D R A G O N B A

原作《げんさく》・脚本《きゃくほん》・
キャラクターデザイン
鳥山明《とりやまあきら》

小説《しょうせつ》
日下部匡俊《くさかべまさとし》

COVER ILLUSTRATION
東映《とうえい》アニメーション

JUMP j BOOKS

ドラゴンボールスーパー
# DRAGON BALL 超 SUPER
スーパーヒーロー
# SUPER HERO

ドラゴンボールスーパー

# DRAGON BALL 超 SUPER

スーパーヒーロー

SUPER HERO

## CONTENTS

## 序《じょ》章《しょう》

# またもはじまりの話《はなし》

その昔、レッドリボン軍という悪の軍団があった。

当時、世界中の人々をおそれさせた彼らだったが、とつぜんあらわれた孫悟空《そんごくう》という少年の手によって壊滅《かいめつ》させられてしまう。

そんななか、レッドリボン軍の科学者ドクター・ゲロは運よく難を逃《のが》れていた。

孫悟空への復讐に燃えるゲロは、先代総帥《そうすい》レッドの息子《むすこ》マゼンタの援助をうけて強力な人造人間を開発し、悟空たちに戦いを挑《いど》んだ。

ドクター・ゲロのつくりだした人造人間は想像を超える力をもっていた。特に究極の生物兵器〈セル〉には、悟空たちもおおいに苦戦することになった。

それでもあと一歩というところで、セルは孫悟空の息子、孫悟飯《そんごはん》に敗《やぶ》れてしまう。

だが、マゼンタはあきらめなかった。

自《みずか》らの経営するレッド製薬を資金源として、ひそかに逆襲の機会をうかがっていたのだ。

そしてマゼンタはとうとう見つけた。

ドクター・ヘド。ドクター・ゲロの孫であり、祖父に優《まさ》るとも劣《おと》らない天才科学者。

マゼンタはその才能を利用して、悟空たちへの復讐と世界征服の野望をはたそうとたくらむのだった……。

＊

グレーのリムジンが走っている。

リムジンは街《まち》はずれのレッド製薬にむかっていた。

そのリムジンにピッタリくっつくように一匹のハチが飛んでいる。

ビルのエントランス前で停車したリムジンから降りてきたのは、真っ赤なスーツを身につけた背の高い男だった。前髪をハデにかためたリーゼントヘアーが目をひく。

例のハチは、すこし離れた空中からそのようすをうかがっていた。

数分後、男はビルの最上階にある社長室にいた。

大きな部屋だった。奥の窓ぎわにはデスクがあって、そのデスクにふんぞりかえって、葉巻《はまき》をくわえる人影があった。

みじかくかり込んだ髪の毛に口ヒゲ、おちくぼんだ目は小さくて細い。

わかりやすい悪人ヅラだった。紅色のスーツでキメているが、ジャラジャラとした鎖《くさり》のようなネックレスをつけている。正直、あまり趣味はよくなかった。

その男が、手にした写真をめくりながらむずかしい顔をしている。

写真にはヒーローショーでサインをもらう背のひくい小太りの人影がうつっていた。

「これがドクター・ゲロの孫か？」

男の名はマゼンタ。ここレッド製薬の社長である。

マゼンタはうたがわしげな顔で、デスクのうえにほうった写真を見おろした。それから、レッドリボン軍のマークをかたどった灰皿で葉巻をもみ消し、デスクの向こうに立つハデな前髪の男に目をやる。

「ドクター・ヘド、二四歳です」

ちなみにこの男の名前はカーマイン。マゼンタの秘書兼《けん》運転手である。

デスクのうえのドクター・ヘドの資料のなかから、マゼンタは、白衣にどこかの研究所のものらしいタグをつけたヘドの写真をとりあげた。

「こいつも博士なのか。それとも医者か」

「どちらの資格ももっています」

答えながら、カーマインは胸ポケットから小さなリモコンをとりだす。

「ごらんください」

カーマインがリモコンのボタンを押す。マゼンタの正面にある、灰皿とおなじくレッドリボンマークの形をした大型スクリーンがパッと明るくなった。スクリーンの中でR・Rの文字が刻印《こくいん》されたレッドリボンマークが重々しく回転する。

コーヒーのマグカップを手に、マゼンタがむっつりと言う。

「おまえが作ったのか」

「はい」

答えたカーマインは、どこか得意げだ。

オープニングのムービーがおわると、スクリーンにはドクター・ゲロの家系図がうつしだされた。

「父親はドクター・ゲロの先妻の次男で、ヘドが小学生のときに両親はそろって事故で他界」

カーマインが説明をはじめる。

「ヘドは子どもにもかかわらず、その遺産でひとりぐらし……一四歳で博士号をとるほどの天才ですが」

画面の右端《みぎはし》に笑顔をうかべたヘドの卒業写真がうかびあがった。

「その後はクセのつよい性格のせいかどこの研究室にもなじめず、残されたわずかな遺産で独自に研究をつづけているようです」

写真が研究所時代のヘドの顔になる。なるほど、卒業写真とは別人のようだった。

マゼンタはコーヒーに香辛料《シナモン》をいれながら、スプーンでスクリーンのヘドをさす。

「それは好都合じゃないか。さっそくこちらにとりこむんだ」

せわしなくマグカップを口にはこんだマゼンタはうめき声をあげた。コーヒーにいれるシナモンの量をしくじったらしい。

マゼンタは顔をしかめてインターホンのボタンを押した。

「お茶をもってきてくれ」

「三か月おまちください」

スピーカーからの返事にかぶせるように、カーマインが言った。マゼンタがききかえす。

「お茶をか？」

「ちがいます」

カーマインはふたたびリモコンを操作した。画面がきりかわる。

スクリーンにうつったのは、上空からの第八刑務所の映像だった。

「ドクター・ヘドは、現在刑務所に服役《ふくえき》中です」

「シツレイシマス」

ドアが開き、給仕《きゅうじ》ロボットがお茶とせんべいをのせたトレイを手にはいってきた。

マゼンタはカーマインを見る。

「服役中？　なにをしたんだ？」

「霊安所にしのびこんで死体を三体盗み、カンタンな人造人間加工をしてコンビニで働かせ、資金を得ていたようです」

スクリーンにはヘドが作った人造人間たちがうつる。コンビニのなかを店員のユニフォームでギクシャクと動くようすは、あきらかにうさんくさかった。

「ものすごい天才のような、そうでもないような……」

マゼンタは微妙な顔でスクリーンを見あげた。そしてイスからおりる。

「どちらにしても、ドクター・ゲロとおなじく人造人間の技術は卓越《たくえつ》していそうだ」

その言葉とともに、マゼンタがすたすたと歩いてデスクの左端から姿をあらわした。

背の高さとデスクがほとんど一緒なのだ。

マゼンタは左手のせんべいをばりばりとかじりながら、なれたようすでデスクのすぐわきに置かれた台に飛び乗った。そこからでないと外が見えにくかったからだ。

そうして、右手に持った茶わんから湯気のたつお茶をぐいっとやった。

「ゲホッゲホッゲホッ」

ひとしきりせきこんだあと、ちょっとばつのわるそうな顔でマゼンタがふりかえる。

「とっ、とにかく、ヤツの能力はレッドリボン軍の復活に不可欠だ！」

マゼンタはスクリーンのドクター・ヘドに右手をつきだした。茶わんからお茶がこぼれる。

「うあぢぢぢっ！」

＊

その日、第八刑務所は騒然《そうぜん》としていた。

キャリーケースを手に出てきたのは、ずんぐりとした小柄《こがら》な人影。

ぴっちりとした明るい紫色のスーツを着こみ、背中には黒いマント、手足に黄色いグローブとブーツ。首のうしろにはねのけたフードをかぶればいわゆるヒーローのコスチュームそのまんまという感じだったが、体型がすべてをだいなしにしている。

その男が刑務所の通用口をくぐったとたん、なかから罵声《ばせい》が聞こえてきた。

「二度とくるな、バーカバーカ！」

「こーのうんこたれー！」

男は足をとめ、背後の声の主《ぬし》たちをギロリとふりかえった。

「な、なんだよ、こっち見るんじゃねえよ！　はやくあっちいけー」

ほとんど悲鳴に近い声とともに、ものが投げつけられる。それが身体《からだ》にあたるのも気にせず、小太りの男は自分のキャリーケースをあけてごそごそとやりはじめた。

男が顔をあげると、その手のなかには手榴弾《しゅりゅうだん》があった。表情もかえずピンを引きぬいてうしろにむかってほうってから、なにごともなかったように歩きだす。

歩きながら男は左の手首に目をおとした。グローブのうえには、カウントダウンの数字が表示されていた——3、2、1。

ドーン!!

足もとからゆさぶられる衝撃とともに、刑務所の通用口がふきとんだ。近くにいた護送《ごそう》車《しゃ》があおられてひっくりかえり、乗せられていた囚人《しゅうじん》たちが外に転がりでてくる。

男の口もとに、ニヤリと笑《え》みがうかんだ。

彼こそドクター・ヘド。三か月の刑期をおえ、たったいま出所したところだった。

「ドクター・ヘドだね。待っていたよ」

音もなくヘドの横に近づくクルマがあった。レッド製薬のあのリムジンである。

開いた窓のなかから声をかけたのは、後部座席にすわるマゼンタだった。

運転席にはカーマインがいて、ヘドに値ぶみするような視線をむけている。

ヘドはちらとマゼンタたちに目をやって、そのまま無視するように歩きつづけた。

「これは失礼、わたしは——」

「レッド製薬の社長だろ?」

マゼンタの言葉をさえぎって、ヘドは薄笑いをうかべて言う。

ようすをうかがっていたカーマインが、表情をこわばらせてその場をはなれようとする。

「おい!」

マゼンタが強い口調でうしろから運転席をけとばす。

カーマインははっとなって、ふたたびヘドのそばにクルマをよせた。

「なぜ、わたしのことがわかったのかね?」

マゼンタの言葉に、ヘドは小さく含み笑いをもらす。

「調べたんだよ」

「調べたとは?」

ヘドはカーマインを横目で見た。

「運転しているあんた、このまえ刑務所の運動場にいたとき、ボクを偵察していたよね?」

カーマインの顔がかすかにしかめられる。気づいていたのか、というように。

「あやしいと思ってあとをつけさせたんだ」

「どうやって……?」

いぶかるカーマインをしりめに、ヘドは左手を前につきだし、それからポーズをつけて手首にむかって言った。

「ハチ丸《まる》、おいで!」

ヘドの頭のうえからかすかな羽音がきこえてくる。遠目にはただのハチにしか見えなかったが、それはまっすぐヘドのもとへとやってきて肩にとまった。

ヘドが左の手首を指で押すとグローブが変形して棒のようにうえにのびはじめる。二〇センチほどのびたところで、棒の途中から楕円形《だえんけい》のスクリーンが広がった。

スクリーンをマゼンタたちにむけて見せる。そこには、ハチ丸の目がとらえているマゼンタとカーマインの姿がうつっていた。

ヘドは得意げに歯を見せて笑った。

「ハチを改造してつくった、サイボーグエージェントだよ」

ヘドの言葉に反応するように、ハチ丸はカクカクとした動きで首をかしげてみせる。

「あんたをつけていったらレッド製薬の社長室にはいり、ボクのことを報告した」

「驚いたな。でも、キミを調べていた理由まではわからないだろ？」

「だいたいの想像はつくかな……ちょっとききとりにくかったけど」

ヘドはスクリーンを閉じながらつづけた。

「かすかに『レッドリボン』ってきこえていたからね」

マゼンタの顔に驚きがひろがった。ヘドにむける目が油断《ゆだん》のないものにかわる。

「……まあ、とりあえずクルマに乗りたまえ。キミを家におくりがてら話そうじゃないか」

言いながらマゼンタがとりだしたのは、紙コップにはいったジュースだった。それをヘドに見せびらかすように身を乗りだす。

関心がなさそうにしながらも、ヘドの目はしっかりとマゼンタの手のなかのジュースへとむけられていた。口もとからヨダレがこぼれる。

マゼンタはニヤリとなるのをおさえて、リムジンのドアを開いた。


走りだしたリムジンのなかで、マゼンタはとなりでストローをくわえるヘドにたずねた。

「刑務所ぐらしはどうだったかね？　ほかの囚人にいじめられたりしなかったか？」

ヘドはストローを口からはなし、薄笑いをうかべる。

「はいったころはそんなヤツもいたけど、みんななぜか謎《なぞ》の死をとげていなくなったよ」

「そ、そうか……」

とんでもないことをサラリとこたえるヘドに、マゼンタはかるく引いていた。

「おじいさんのドクター・ゲロは残念だった」

ヘドはマゼンタをじっと見てから、すぐにドリンクに注意をもどした。

「正直、どうでもいいね。あったことさえなかったんだ」

マゼンタはヘドを見た。

「しかし奇遇《きぐう》なことに、キミもおじいさんとおなじく人造人間の研究に熱心なようだね」

ヘドはジュースの空《から》になった紙コップから、フタをはずしながらこたえた。

「最強の人造人間の研究をね」

それから音をたてて氷を口にほうりこみ、バリバリとかじりはじめる。

「ハハハハ、すばらしい。それこそわたしがのぞむものだ」

マゼンタはそう言って、遠くを見る目になった。

「天才をうしなったのは痛手だったよ……父のレッドが亡《な》くなったあと、わたしが研究資金をだしていたんだがね」

氷をかみ砕《くだ》きおわったヘドが、ニヤリとしてマゼンタを横目で見た。

「天才ドクター・ゲロにかわってこんどは超天才のドクター・ヘドをみつけたってわけだ」

「そういうこと……」

マゼンタが手もとのスイッチを押す。ふたりの間の背もたれが前にひらいて、そこにクリームをはさんだ黒いクッキーのケースがせりだしてきた。

「どうかね、手をかしてくれないか？　研究費用や設備はキミののぞみのまま」

マゼンタは、ケースからクッキーを三枚とりあげてみせる。

「報酬は一体につき三億はらおう！」

ヘドはクッキーを一枚つまみあげて言った。

「うーん……こまったな」

「おや、なにがこまるんだね？」

「世間にはしられていないけど、レッド製薬はレッドリボン軍のオモテの顔であり資金源だったでしょ？」

ヘドはクッキーを口にほうりこんだ。

「まだこどもだったころ、レッドリボン軍の影響をうけた祖父のこと、両親はきらっていたからね」

マゼンタはすこしおどろいた顔になった。

「ほう、そこまでしっているとは思わなかったな」

さらにクッキーを手にとりながら、ヘドがつづける。

「それにボクは強くてカッコいいスーパーヒーローのマニアなんだ。レッドリボン軍の目的が、むかしとおなじく世界征服だとしたら、スーパーヒーローとは宿敵《しゅくてき》同士じゃないか」

「はっはっは、おもしろい男だ」

マゼンタは笑い声をあげた。

「世界征服にみえるかもしれんが、わたしの真の目的は危険な連中やたてつく連中を一掃《いっそう》し、社会に忠実で平和な世界を築きあげることだよ」

リムジンがスピードをおとした。前のクルマがのろのろと運転しているのだ。

道をゆずろうとしないクルマをにらみつけ、カーマインは一気に抜きにかかった。

RR

「ある意味、正義の味方だ」

マゼンタの言葉と同時にカーマインはアクセルをふみこんだ。ほとんどぶつかりそうな距離で急加速したリムジンが追い抜いていく。おどろいた運転手がハンドルを切りそこなってそのクルマは悲鳴のようにタイヤを鳴らしてスピンしながら遠ざかっていった。

ヘドはそれを見やって答えた。

「ようするに、力ずくで自分の思いどおりの世界にしたいってことかなあ……まあ権力に興味のないボクにとって、研究以外はどうでもいいことなんだけどね」

ヘドは新しいクッキーをとろうとケースに手をのばしたが、すでに空《から》になっていた。

「あまり気がすすまないんだったら、一体につき」

マゼンタが操作すると、ケースのなかにクッキーが補充された。

「一〇億というのはどうかね?」

マゼンタはそう言いながら、ケースのクッキーを一〇枚手にとってひろげてみせる。

ヘドはクッキーに目をやりながら、つぶやくように言った。

「断《ことわ》れないよね……」

「たぶん」

カーマインだった。懐《ふところ》から拳銃《けんじゆう》をぬいてシートごしにつきつけようとする。

それをマゼンタがことを荒立てるなと、ちいさく首をふりながら手で制した。

「じゃあまあしょうがないか」

ヘドはあきらめたように頭上に目をやった。

「そう、それがキミにとっても最善の方法だよ」

笑うマゼンタに、ヘドは平然とクッキーに手をのばしながら言う。

「言っておくけど、銃でおどされたからじゃないよ」

ヘドは冷たい笑いをうかべた。

「ボクの皮膚《ひふ》は、あるていどの衝撃にたえられるように特殊な薬を注射してあるからね。それに――」

ヘドが運転席を見る。そこにはシートの裏にとりつくハチ丸の姿があった。

「このハチ丸の毒針は恐ろしいよー。たとえ人造人間でも、人間の部分が残っていたらイチコロじゃないかな」

カーマインの顔が驚きにゆがむ。気がつくとハチ丸が肩にのっていた。あわてて手ではらうが、ハチ丸はすばやくとびあがってその手をかわす。

とたん、リムジンはコントロールをうしなってスピンしはじめた。

遠心力《えんしんりょく》でシートにおしつけられながら、ヘドはなおも言う。

「ボクが協力する気になったのは、莫大《ばくだい》な予算をつかって史上最高の人造人間をつくりだすことに魅力を感じたからさ！　もういちど言っておくけど、マゼンタ社長の野望には興味がない、いいね？」

これまたシートにひっくりかえったマヌケな格好《かっこう》で、マゼンタは真顔《まがお》でかえした。

「結構だ！」

＊

リムジンは都市部をはなれ、人気《ひとけ》のない荒野にはいっていた。

ヘドはひらいた窓から右手をつきだし、手のひらで風をうけていた。風をうけながら、ちょっとモミモミしたりしている。

「……で、最大の敵の目標は？」

ヘドは窓の外に手をつきだしたままマゼンタを見た。

「セルをたおした連中だ」

「それって、ミスター・サタンじゃ」

マゼンタはきっぱりとかぶりをふる。

「いやちがう。ヤツも一味だが、われわれの調査ではカプセルコーポレーションのブルマを軸《じく》にした恐ろしい秘密組織だよ」

「カプセルコーポレーション？」

リムジンの前方にトンネルがせまってきた。

「世界一の大富豪の？　悪いウワサなんかぜんぜんきかないけど」

「いやいや、カプセルコーポレーションの本社に空を飛ぶ人間が出入りしているという目撃者は何人もいる。われわれの調査では、おそらく宇宙人だよ」

マゼンタの言葉に、ヘドはすこしだけ驚いた顔をした。

「宇宙人？」

マゼンタはうなずいた。

「ああ。考えてもみたまえ。あの画期的なカプセルシステムや宇宙船なんて、宇宙人の技術なしでできたと思うかね？」

リムジンはトンネルを抜けた。あたりは山道になってきりたったガケがつづいている。

「宇宙人がカプセルコーポレーションを利用して地球をのっとろうとたくらんでいるんだ」

ヘドはうたがわしげだった。

「とっぴょうしもない話だな」

「そう言うと思ったよ。これを見たまえ」

マゼンタは内ポケットからスマホをとりだした。そこにはどこかの岩山で、むかいあう数人の人影がうつっていた。

「数年前のものだ」

背中をむけて立っているのは剣を背負い、全身が金色の光につつまれた青年。

それに対しているのは、メカを全身に装着《そうちゃく》したシッポのある小柄な人影だった。

「こんなヤツがいると思うかね？　宇宙人だよ。宇宙人同士が、この地球で戦っていたんだ。おそらく、地球のとりあいでね」

メカボディの人影が相手にむかって手のひらをつきだした。とたん、青年のいた場所がふきとんだ。

だが、青年はいつのまにかとおくはなれた岩山のうえにいた。

こんどは、メカボディのいた場所が爆発した。それをのがれて空中に舞いあがったところに、剣を抜いた青年が斬りかかる。メカボディの相手は一瞬でバラバラに切り裂かれ、さらに青年のつきだした手からはなたれた光のなかで消滅していった。

そこで映像はとぎれていた。

ヘドは画面に息がかかりそうなほど顔をちかづけ、信じられない面持《おもも》ちで見つめる。

「だがそうだとしたら、なんでブルマの一味《いちみ》は一気に地球をのっとろうとしないんだ？」

マゼンタはポケットにスマホをもどしながらこたえた。

「とうぜん地球人を労働力にとりこみたいからだろ。地球を完全な楽園にしあげたら、一気に人間をかたづけて仲間の宇宙人をよびよせるつもりなんだ」

ヘドはまだうたがわしげだったが、かんがえこんだままなにも言わなかった。

「セルはキミの祖父がつくりだした最高傑作だ。宇宙人の秘密組織をつかい、世界中の富をほしいままにするカプセルコーポレーションに一矢《いっし》むくいようとセルを送りこんだのだが、かえりうちにあってしまったんだ」

そこでマゼンタはかなしげにうつむき、かぶりをふる。

「そして、人造人間17号と18号にもうらぎられ、ヤツらにとりこまれてしまった……」

ヘドは腕ぐみをしてかんがえこんだ。

「敵はかなりてごわそうだな」

「ああ。組織のなかには、あの恐ろしい魔人ブウやピッコロ大魔王もいる」

「有名なブルマ博士も宇宙人なのか？」

ヘドの問いに、マゼンタがうなずきかえす。

「おそらく」

とつぜん、車内に勇壮なマーチがながれはじめた。雰囲気を察したカーマインがかけたのだった。音楽の効果で、その場の全員の気分がアガる。

うえのクッキーをはがしてクリームをすくいながら、ヘドがシリアス顔で言った。

「ヒーローの出番だな」

マゼンタがクッキーをケースからひとつつまんでうなずく。

「そういうことだ。ヤツらをたおせるような人造人間をつくりだす自信はあるかね？」

ヘドはそのクッキーをマゼンタからとりあげて答えた。

「くだらない質問だな」

不敵な笑みをうかべ、ヘドは首のうしろのフードに手をかけ、頭にかぶった。

「たったいま、ボクがめざすのは宇宙で最強の人造人間にかわったんだよ」

「おおっ」

身を乗りだすマゼンタに、ヘドはかぶったフードをさしてニヤリとなる。

「カッコいいだろ」

「あ、ああ……」

マゼンタはちょっと返事にこまってから、ごまかすように勢いをつけて叫んだ。

「よし！　レッドリボン軍の復活は近いぞ！」

「おーっ！」

ヘドとマゼンタの声をひびかせながら、リムジンは行く手にあらわれた巨大なクレーターへとひたはしった。

## 其《そ》之《の》一《いち》

# 人《じん》造《ぞう》人《にん》間《げん》ガンマの襲撃《しゅうげき》

その湖は、けわしい岩山のただなかにあった。

湖の岸辺を、人間ばなれしたはやさでちいさな女の子が走っている。

名前はパン。孫悟飯《そんごはん》の娘である。

そのおかっぱ頭の幼い女の子が、弾丸《だんがん》のような速度でまっすぐつっこんでくる。

パンのむかう先に立っていたのは、緑色の肌《はだ》にとがった耳をもつ大きな人影だった。

ピッコロである。

彼はいま、パンにせがまれて稽古《けいこ》をつけているところなのだった。

ピッコロの前でパンは両手を地面につき、おおきく宙に舞いあがった。そのままピッコロの頭上をこえて背後の立木《たちき》に飛びこんでいく。

葉のなかに身を隠し、パンはすばやく動きまわった。だが、見えないはずのパンの位置をピッコロは正確に追っていた。

パンはその木から飛びだし、ちかくの岩を足場にべつの木の幹に飛びうつってさらにそれを蹴《け》り、ピッコロの目の前に着地する。

腕を組んだまま、ピッコロがパンにむけてまわし蹴りをはなつ。

それをパンは背をそらすようにしてかわした。

通りすぎる脚《あし》の下から、ピッコロにむけてにっと笑いかける。同時に、その脚に手をかけ、鉄棒のようにくるりとまわってピッコロにむかって飛びげりをはなった。

「だあーっ」

「！」

油断《ゆだん》を認めざるをえなかった。ピッコロは短く舌打ちをして、組んでいた腕をとく。

攻撃をうけながされ、ふっ飛ばされたパンがちかくの岩につっこんだ。

たちこめる土煙《つちけむり》のなか、ホコリまみれになったパンが顔をしかめて身体《からだ》をおこした。

「大丈夫か？」

内心では心配しながら、ピッコロは無表情をよそおってそう声をかけた。

「へいきへいき」

パンはにっこりと笑った。それを見てピッコロがうなずく。

「よし、けさはここまでだ」

パンの面倒《めんどう》を見るようになってそれなりになる。さすがは孫悟飯の子どもで、この幼さでピッコロも驚くほどの才能を見せていた。いまも腕は使わないつもりだったのだが。

それからふたりは、木陰《こかげ》の岩のうえに腰かけて休憩をとった。

ピッコロはパンのくれたミネラルウォーターを飲みながら、しずかに見おろして言う。

「なかなかいいぞ。悟飯……というかおまえの父親よりもスジがいいくらいだ」

パンはボトルを口からはなしてピッコロをちらと見た。そうして岩からひょいとおりると、タタタッとむこうに走っていく。

「だったら手から飛びだす気功波《きこうは》とか教えてよ。悟天《ごてん》くんやトランクスくんみたいに」

パンはピッコロをふりかえり、手首をあわせて手のひらを前につきだすポーズをとった。

「言ったはずだ。そういうのは基本が完璧《かんぺき》にできてからだと」

不満げな顔のパンに、ピッコロはあきれ声でこうつけたした。

「まだ空も飛べんくせに」

「むずかしいんだよー」

だだっこのように――年齢を考えればむしろそれがあたりまえなのだが――かえすパンに、ピッコロは言った。

「むずかしいのは当然だ。やってみろ」

パンは不満顔のまま両足を肩幅に開いた。両拳《こぶし》を腰のあたりまで引いてかまえをとり、顔をうつむかせて集中しようとする。

と、パンは構えをといてちいさく横に動いた。立ち位置がびみょうに気になるらしい。

パンはピッコロにてれ笑いをむけ、けげんな顔をされながらもういちど構えにはいった。

「ムッ……」

GTH

ふわりと髪の毛がもちあがり、足もとの小石が重さをなくしたようにうきあがる。パンを中心に風が渦《うず》を巻くかのように、土煙が舞いあがった。

「力《りき》むな、願え。そうすれば気がコントロールしてくれる」

ピッコロの言葉にパンは目をとじ、さらにふかく集中した。小石がさらに高く舞いあがり、髪の毛がさかだつ。

ピリピリと空気がふるえ、ちいさな身体がふわりとうきあがった……ように見えた。

「はあ、ダメだ」

宙にうかんでいた小石がバラバラと落下する。パンはむしろ身体が重くなったかのようにがっくりと肩をおとし、息をついていた。

「ふん、いそぐこともないだろう。まだ三歳だ、時間はたっぷりある」

すごすごともどってくるパンを見やりながら、ピッコロははげますようにつづけた。

「それにおまえもサイヤ人の血がながれている。いちどコツをつかんでしまえば簡単だ」

パンはぼんやりとした顔で、足を投げだすようにして岩に腰かけていた。それからヒザをかかえ、なにかを思いだしたようにピッコロを見る。

「ねえ、ピッコロさん」

「なんだ?」

「パパって、その気になったらじいちゃんよりつよいってホント?」

「じいちゃん？　悟空《ごくう》のことか……ああ、ほんとうだ」

ピッコロはうなずいてから、もの思いにふけるように遠くを見る目になった。

「いまはどうだかわからんがな」

パンはこたえるピッコロの顔をじっと見てから、パッと岩から飛びおりた。

「パパが戦ってるとこ見たことないけど」

「戦う必要がないからだろう。そのときがくれば戦うさ」

パンはピッコロの言葉に納得していないようすだった。

「もう帰れ。遅刻するぞ」

ピッコロはたちあがると、パンにそう声をかけた。

「じゃ、幼稚園がおわったらまたね」

ピッコロはしずかにうなずく。

パンはおいてあったリュックを背負《せお》い、ピッコロをふりかえって手を振った。それから帰り道の方向にむきなおり、かけっこのスタートの姿勢をとった。

ドカン！

なにか爆発したかのような音とともに、猛然《もうぜん》と土煙をたててパンがかけだしていった。

あっというまに見えなくなるパンの姿を、ピッコロはもの思わしげに見送るのだった。

ピッコロは円形の大きな一枚岩のうえにいた。

意識を集中し、自分をのせたままそれをうかびあがらせている。

高度な気のコントロールが必要な修業《しゅぎょう》だった。

そのピッコロの耳がピクリと動く。電話の呼びだし音だった。

ピッコロは自分ののっている岩をゆっくりと下降させた。

もともと、山の頂上をけずりとって作ったものだった。位置をあわせれば、もとどおりスキマなくハマるようになっている。

ピッコロはそれを苦もなくやってのけると、はるか下の家にむかって飛びだした。

スマホはテーブルのうえで画面を光らせながら呼びだし音とともにブブブとふるえている。

ピッコロはそれをこわごわ指先でつまみあげ、画面の通話ボタンにタッチした。

この手の道具は苦手《にがて》なのだ。

「なんだ、ビーデル」

画面にはビーデルの顔がうつっていた。

『あ、ピッコロさん！　おはよう！』

ピッコロは鼻筋《はなすじ》にシワをよせて、思わず顔をそむけていた。

ビーデルの声は、聴力の高いピッコロには頭の芯《しん》に響く。

『あのさあ、ピッコロさんって午後からヒマってありますか？』

「午後？　修業でいそがしいといえばいそがしいが……なんだ？」

ビーデルがこういう言い方をするときは、だいたいくだらない用が多い。

『わたし、きょう教えてる格闘技《かくとうぎ》教室の大会があってね、パンの幼稚園のおむかえにいけないの』

やれやれ。ピッコロは内心ため息をつきながら、修業用のマントとターバンを消した。

それから近くのイスに腰をおろす。

「悟飯はどうした？」

『それが悟飯くん、こんど発表する研究レポートづくりでいそがしいって、何日も部屋にこもってるのよ』

「あのバカ……またか」

『ピッコロさん、おねがい』

「……わかった」

面倒《めんどう》ではあったが、パンとの約束もある。むかえにいくのも悪くないだろう。

『ありがとう！　助かったわ！』

スマホから響く超音波《ちょうおんぱ》じみた声に、ピッコロはふたたび顔をそむけていた。

『じゃあ午後三時にね。おいしいおみやげ買ってくるから』

「オレは水しか飲まんと言っただろう！」

そう言ったのは一度や二度ではないはずなのだが。まったく、どうしてこう孫の一家はそろいもそろって人の話をまともに聞かないのだろう。

『あっそうか！　じゃあまたカワイイぬいぐるみでも買ってくるわ』

ビーデルはうしろの棚《たな》の方を見ながらそう言うと、そのまま通話を切ってしまった。

ピッコロは暗くなった画面をにがにがしげに見つめてから、部屋の片隅《かたすみ》に目をやる。

「なぜぬいぐるみ」

そこには山と積まれたぬいぐるみがあった。それも全部おなじキャラの。


ビーデルからの電話のすぐあと、ピッコロは悟飯たちの家へとやってきた。

引きうけはしたものの、やはりこれは本来悟飯の仕事のはずだ。

ピッコロは悟飯の部屋の窓ぎわに降りたって、なかで悟飯がパソコンにむかっているのをたしかめた。

ピッコロがすぐちかくにいるのにまるで反応がない。半分あきれながら窓をたたくと、悟飯の背中がびくりと動いた。

「あっ」

ようやく顔をあげた悟飯がふりかえって、メガネごしに目をほそめてこちらを見る。

「ピッコロさん！」

ピッコロがひややかな目をむけていることもわからないらしく、悟飯はいつもの調子で窓をあけて身を乗りだした。

「すいません、またパンの迎えをたのんじゃったみたいで……」

「ふざけるな！　キサマ、いったいなにをやってるんだ！」

その言葉にはっとなると、悟飯はいそいで部屋のなかへ引きかえしていった。

眉《まゆ》をひそめるピッコロの目の前に、悟飯はノートパソコンをかかえてもどってきた。

「ムシのレポートを……」

パソコンのディスプレイには、アリの写真が表示されている。

「このまえ、南の島ですごいアリを発見しちゃって。そのアリ、危険がせまるとちょっと光って変身するんです。超《スーパー》サイヤ人みたいでしょ!?」

「そんなことをきいているんじゃない！」

ピッコロのイライラは頂点に達しつつあった。

「子どもの迎えにいけないくらい、研究が大事かってきいているんだ！」

さすがの悟飯も、ピッコロがいらだっていることに気づいたようだった。

「あ、いえ、でも、ピッコロさんがいってくれるんでしょ?」

「だいたいすこしはトレーニングぐらいしたらどうなんだ！　いつ危険がおそってくるかもわからないんだぞ」

「えー。そんなことまだありますかね」

だが、悟飯のかえした言葉には危機感のかけらもなかった。

「それにもしあったとしても、おとうさんやベジータさんが――」

「とうっ！」

気合いとともに、ピッコロは部屋に飛びこんで悟飯にヒジ打ちをたたきこむ。

悟飯は自分のパソコンをかかえたまま、ヒジをあげてピッコロの一撃をうけとめていた。

「へへー、まだまだ鈍《にぶ》っちゃいませんよ」

悟飯が余裕を見せるようにニヤリとわらった。

ドスッ！

拳が腹《はら》にくいこむにぶい音とともに、悟飯がヒザからくずれおちる。

「げ……げげ」

ピッコロは、よろよろとたちあがる悟飯にむかって両手をつきだした。

悟飯の身体をピッコロのはなった力がつつみこむ。それがパッとはじけたかと思うと、悟飯の服はピッコロそっくりのものにかわっていた。

「あっ!」

自分の姿に目をまるくした悟飯は、突然苦しげな顔になってしゃがみこんだ。

「お、重い……」

「どうだなつかしい格好《かっこう》だろ」

おもしろがるような顔で見おろすピッコロを、悟飯は困り顔で見かえす。

「これじゃ仕事がやりにくいですよ」

「文句を言うな……パンの迎えには、いってやる」

ピッコロはそう言って悟飯に背中をむけた。

「ったく、自分の子だろ」

「ホントすいません!」

うしろから悟飯の声がひびいた。

「こんど、またぬいぐるみプレゼントしますから」

「いらん! いつオレがそんなものを好きだなんて言った!」

ピッコロは神速《しんそく》でふりかえり、悟飯を指さしてわめくようにかえす。

「機嫌《きげん》がわるいなあ、ピッコロさん」

イライラと飛びさるピッコロを悟飯は不思議そうに見送るのだった。

ピッコロは修業にもどった。こういうときは落ちつくためにも修業がいちばんだった。

そうして、うかぶ石板《せきばん》のうえで心を落ち着けてしばらくたったときのこと。

上空でチカッと光るものがあった。それはピッコロにむけてはなたれたビームだった。

なぜかビームの先端にはふたつの目があった。ねらいをさだめるように、まっすぐピッコロをにらんでいる。

突然、ビームは閃光《せんこう》とともに何本ものビームに分裂したかと思うと、それぞれがいっせいにピッコロにおそいかかった。

ピッコロが目を見ひらく。つぎの瞬間、石板のうかんだ山頂で大爆発がおきた。

無残に破壊された石板の残骸《ざんがい》のうえに、煙をまといつかせたピッコロがうかんでいた。

キズひとつ見あたらなかったが、その表情は雷雲《らいうん》のようだった。

「オレの修業のジャマをしたな」

ピッコロが見あげる先に、右手に銃《じゅう》を構《かま》えた長身の人影がうかんでいた。

年代ものの軍服のようなスーツを身につけ、背中には青いマント。Vの字のようなトサカのついたヘルメットをかぶり、胸には青く「2」の文字が染めぬかれている。

その手の中で、ずんぐりとした丸みをおびた拳銃《けんじゅう》がキリキリとまわりはじめる。

タテにヨコにひとしきりまわしたあと、腰のホルスターに銃をピシリとおさめ、その人影はピッコロを見おろして言った。

「フン、ピッコロ大魔王だな」

「残念、オレはただのピッコロだ」

風にマントをはためかせながら、空中の人影は片方の眉をかるく持ちあげる。

「どういうことだ？」

「いろいろ複雑なんだ。で、古くさいヒーローのようなおまえは？」

ピッコロの言葉に、相手がすこし不機嫌顔になる。

「フン、せめてレトロと言ってほしいね」

その自称レトロヒーローは両腕をそろえて大きくふりあげた。

「残念ながら、ボクの正体は！」

そうして腕を大きくまわしながら、右肩のあたりで交差させるようにポーズをとる。

とたん、その背後でなにかが爆発した。色とりどりの煙とハデな炎、そしてあたりをふるわせる爆発音。

「まだ秘密だ！」

「ぐ……」

ピッコロはどう反応したものか悩んでいた。

さっきの攻撃は本物だった。まともにうけていたら無事ではすまなかっただろう。

だが、あれはなんだ。どうやったのかはともかく、あの爆発になんの意味が？

ピッコロは腕を組み、相手のようすをうかがいながらおなじ高さまで上昇する。

と、相手の肩口《かたぐち》のワッペンに気づいて、ピッコロはすうっと目を細めた。

「そのマーク……神だったときに見おぼえがある。たしかレッドリボン軍」

ヒーローはおどろき顔になって、おおげさに手で目をおおうしぐさをする。

「あちゃー、こいつはしくじったな」

言いながら、指のあいだからピッコロを見た。

「ところで、神だったときというのは？」

ピッコロは鼻でわらった。

「ふん、リサーチ不足だな。教えてやるもんか」

「ケチだなー」

ピッコロは相手の言葉を無視した。

「レッドリボン軍は、とっくのむかしに壊滅《かいめつ》した。そして残った科学者のドクター・ゲロの野望も、そのあとに消えさったはずだ……セルもふくめて」

ヒーローはやれやれと言わんばかりの顔で小さく天を見あげる。

「きょうはただの腕だめしのつもりだったんだけど……そうはいかなくなったらしい」

ピッコロはあらためて相手の気をさぐっていた。最初の攻撃に気づかなかったときに予感はあったが、どうやらまちがいないようだった。

「気が感じられない……ロボットか人造人間《じんぞうにんげん》だな。つくったのはだれだ」

ヒーローは感心した顔でピッコロを見かえす。

「そんなことまでわかるのか？　さすがだな。しかし、それも秘密さ」

「……ふん。ところでまさか、このオレとたたかうつもりなのか？」

人造人間は余裕の笑《え》みをうかべて、ピッコロに人差し指をつきつけた。

「正解。そして死んでもらうことに計画を変更したよ。悪く思わないでくれ、そういう命令だ」

「ふふん。じゃあさっさとおわらせよう」

ピッコロもまた口もとをゆがめて笑う。そうして組んだ腕をほどき、構えをとった。

間《ま》をおかず、人造人間が一瞬で距離をつめてくる。なかなかのスピードだった。

だが、つきだした拳は空をきった。

一瞬はやくそれをかわしたピッコロが、相手の腹に拳をたたきこむ。さらに姿勢をくずしたところへ、突きの反動を利用した蹴りがはいった。

キリキリと回転しながら、相手はふっとんでいった。

ピッコロはその場で構えをとりなおしつつ、ようすをうかがった。手ごたえはあった。突然、相手が空中で急ブレーキをかけたように動きをとめる。その目がまっすぐピッコロにむけられたかと思うと、すさまじい速度でこちらへむかってきた。

「………！」

その動きにダメージを感じさせるものはなかった。

会心にちかい一撃だったはずだ。だがスピードも動きもむしろさっきより――。

そこまで考えたところで、ピッコロは腹部に衝撃を感じて身体をくの字に折った。

ピッコロは苦痛に顔をゆがめながら、視界のはしに見えたものに思わず目を見ひらく。

DOKA!

「なに⁉」

空中に文字が飛びだした……ように見えたのは目の錯覚か？

それがピッコロに致命的なスキをつくった。

敵の脚が高くふりあげられる。

「はあっ！」

ピッコロは頭に強烈な一撃をうけてまっすぐ落下していった。

ちょうど蹴りのあたったあたりから

BISHI!


という文字を飛びださせながら。

「ぐわあー……！」

ピッコロは岩山のはしに激突して、そのまま岩場を削《けず》るように落ちていく。

くずれ落ちた岩をおしのけて起きあがると、ピッコロは顔をしかめてつぶやいた。

「……なぜ文字がでる」

その目の前に、すとんと人造人間がおりたった。

「ちょっとガッカリだな。もっとすごいって思ってたのに」

ピッコロはターバンとマントに手をかけ、ぬぎすてる。すさまじく重いマントとターバンが音をたてて地面にくいこむよりはやく、ピッコロは相手にむけて飛びだした。

「うおおー！」

さらに速度をましたはずの突きを、しかし人造人間は交差した両手ではねあげていた。

力をそらされ、身体がうきあがったところで、ピッコロのアゴに相手のヒザが命中する。

GA…!

ピッコロが衝撃で一瞬棒立ちになる。そのすぐ横に着地した人造人間は、着地の反動を利用してヒジ打ちをいれた。

「ぐうおっ」

ヒジのはいった胸のあたりから、またも文字が飛びだす。

DOGO!

ピッコロは頭上高く両手を組んでふりおろした。それが相手の背中をもろにとらえる。

たおれるところを蹴り上げるが、相手はその反動で後方に回転しながら距離をとった。

人造人間にむけて、ピッコロは手のひらをつきだした。

「だだだだだだだっ!」

そうして構える間をあたえず、気《き》功弾《こうだん》をたたきこんでいく。何発も、何発も。

人造人間は、それをダンスでもおどるかのようにかるがるとかわしていった。

さきに息切れしたのはピッコロだった。気功弾の攻撃が一瞬とまったスキに、人造人間はホルスターに手をかけ、高く空中に舞いあがる。

「おわりだ」

引き抜いた銃の先端に大きな光球《こうきゅう》が出現する。

ぼうぜんと見あげるピッコロにむけて、光球が発射された。

一瞬の後、ピッコロの立っていた場所が巨大な光球につつまれる。光球はさらに大きさをまし、とつぜん閃光とともに爆発した。

爆発はピッコロがくずした岩山をのみこみ、こなごなにふき飛ばす。

人造人間は上空にうかんだまま、爆発の煙をすかしてピッコロの姿をさがしていた。

「あれ？　こっぱみじんか……」

どこにも反応はなかった。人造人間は、ふんと鼻を鳴らして笑う。

「死に顔を確認したかったたな」

そう言い残すと、人造人間はその場を飛び去っていった。

そのようすをさらに上空から見おろす姿があった。

ピッコロだった。いまの爆発にまぎれて、うえにのがれていたのだ。

「……こいつはほうっておけんな」

ピッコロはそう低くつぶやいて、人造人間のあとを追って飛びだした。

DRAGONBALL SUPER

# 其《そ》之《の》二《に》

# 潜入《せんにゅう》！　レッドリボン軍《ぐん》

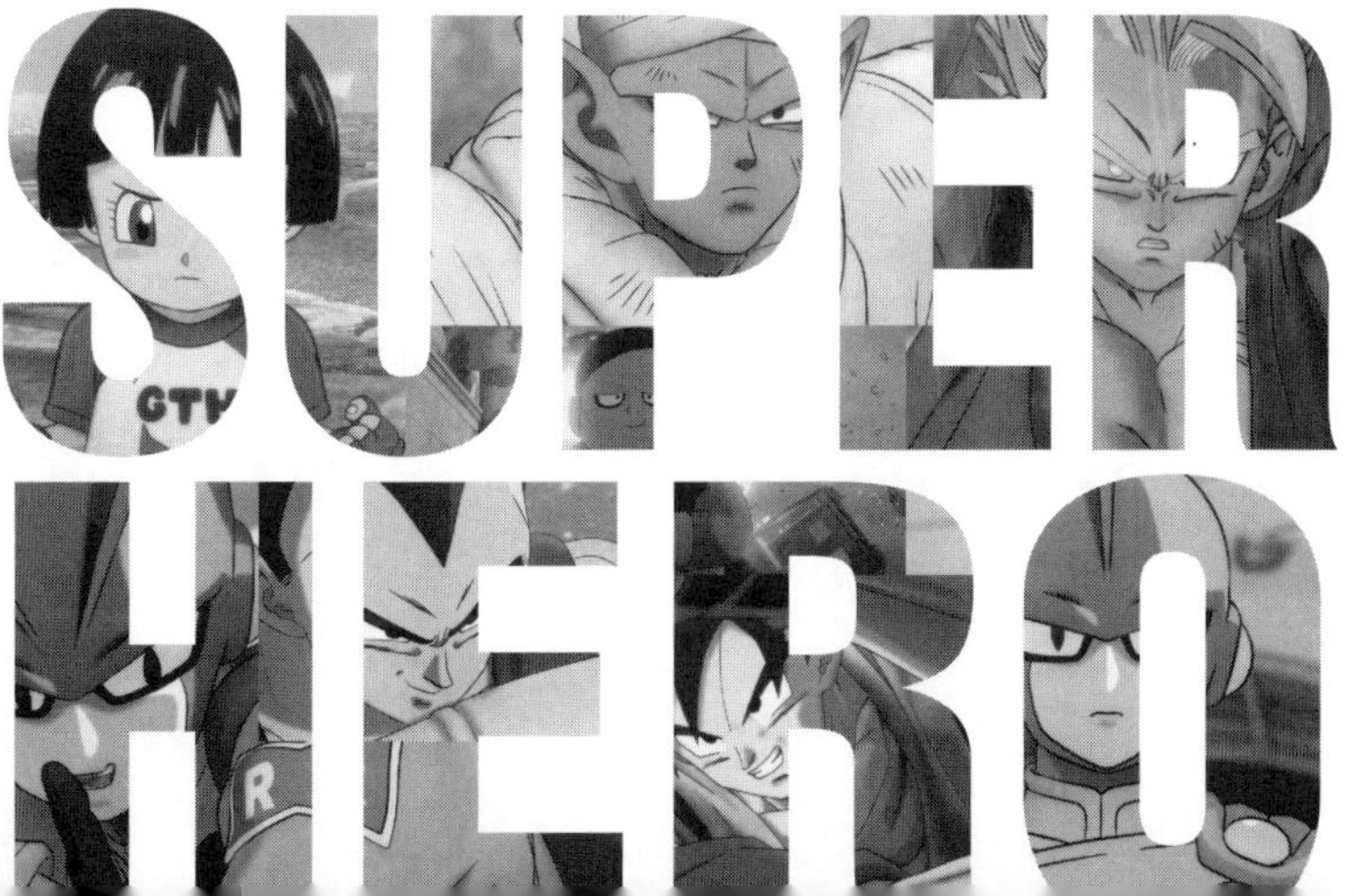

空に白雲をひきながら飛ぶ人造人間《じんぞうにんげん》を、ピッコロは地面ぎりぎりの高さで追跡《ついせき》していた。

どこまでいくのかと思いはじめたころ、ようやく人造人間が高度を落としはじめた。そのむかう先を目で追うと、そこにあったのは水をたたえた大きなクレーターだった。

崖《がけ》のうえから身を低くしてようすをうかがうとクレーターの斜面に大きな洞窟《どうくつ》があって、なかに建物が見えた。あたりでは何台ものクルマや人影がせわしなく動き回っている。

「なんだ、あの建物は……」

人造人間はその洞窟の前におりていく。まわりの人間は驚くようすもなく、人造人間はそのまま歩いて洞窟のなかへとはいっていった。

そこにいる全員がレッドリボン軍の兵士だった。

人造人間は通りかかる兵士たちと気さくにあいさつをかわした。人型マシンとトラックがぶつかりそうになるのを肩をすくめて笑ってから、人造人間は洞窟の奥へとむかった。

胸に94の番号をつけた兵士がその背中をぼんやりと見送っていた。と、背後からのびた緑色の腕が、94番をいきなり物陰《ものかげ》にひきずりこんだ。

ピッコロだった。兵士をのして身ぐるみはがし、それを着こみながら人造人間のゆくえを目で追いかける。

そこは倉庫のようなものがずっと奥までつづいているように見えた。

それが突然、人造人間の姿がノイズのはいった映像のようにゆがみ、消えてしまう。

「消えた……？」

ピッコロは物陰をでて、人造人間の消えた場所にむかった。ちょうどそのあたりを通過したと思った刹那《せつな》、ピッコロは薄暗い洞窟から開けた青空の下にでていた。

そこはクレーターの内側の空間だった。外から見たときには水をたたえていたはずだったが、ピッコロのまわりにあったのはレッドリボン軍の巨大な基地だった。

おそらくなにかのしかけで、水があるように見せかけているのだろう。

と、小型の飛行機がおりてくるのが見えた。目の前のタワーの壁面がひらき、飛行機は翼をたたんで中に進入していく。

そのそばの出入り口を、ふわりと舞い上がる人影が通りぬけていった。人造人間だ。

「あそこか」

ピッコロは人造人間を追って飛びあがる。

「あ！　ガンマさん、おかえりなさい！」

「おう、ただいまー」

タワーの出入り口の前で、ナンバー26の兵士が人造人間とあいさつをかわした。

「ガンマ……」

ピッコロはおさえた声でつぶやいた。どうやらあの人造人間はガンマというらしい。

ガンマはそのままタワーのなかに入っていく。それを追ったピッコロは、やはりタワーに入ろうとしていた兵士たちの列にくわわった。

奥へ進むと天井の高い広い部屋にでた。中央には円卓《えんたく》を中心にした一段低くなっている場所があって、ナンバーつきの兵士たちは世界地図の描かれた壁沿《かべぞ》いに整列していた。

ピッコロもその最後尾にならぶ。

円卓のまわりはソファーになっていた。そこにふんぞりかえる赤いスーツの小男がひとり。マゼンタである。

そのすぐうしろ、一段高い床のうえに立ってマゼンタに葉巻《はまき》をすすめているのはカーマイン。

それからピッコロに背をむけて座っている人間がひとり。ドクター・ヘドだった。

ヘドは漂ってきた葉巻の煙を手ではらいながら、クッキーをミルクにつけて口に運ぶ。

「さすがだったな、ガンマ2号」

彼は、ピッコロたちのちょうど反対側の壁の前、ひどく個性的なデザインのディスプレイのそばにいる人影にそう声をかけた。

「すべておまえの目を通して見ていたぞ」

「ありがとうございます、ヘド博士！」

答えながらふりかえったのは、あの人造人間だった。

「でも、テストにしてはちょっとやりすぎだったかも」

ガンマ2号がそうつづける横で、もうひとり胸に「1」の数字のある人物がむきなおる。

ピッコロは目を見ひらいた。

まちがいない。あれもおなじタイプの人造人間だ。ヘルメットのトサカがひとつなのとマントの色が赤いということ以外、ほとんど見た目にちがいがない。

「なに、もう一体いるのか！　あっ……」

そう声に出してから、となりの兵士がけげんな目でこちらを見ていることに気づく。

ピッコロは顔をおおったマスクをなおしながら、小さくせきばらいをした。

「いいや、いい判断だった」

ヘドはクッキーを口にほうりこんだ。

「それより、せめて登場シーンとフィニッシュくらいはポーズがあってもいいかもな」

新しい葉巻に手をのばしながら、マゼンタが不機嫌《ふきげん》そうに言う。

「まさか正体がバレるとは……」

「ふん。あんたがレッドリボンのマークをつけろなんて言うからじゃないか」

「死体は確認したか？」

ガンマ1号の言葉に、2号がふりかえる。

「死体？　いや。バラバラでそんな必要もなかったよ」

1号は腕をくんで、うたがわしげにじっと2号を見た。

「あれでたすかるわけないさ。見てただろ」

だが、1号は2号の言葉を無視するように背後の操作卓《コンソール》にむかった。短くキーをたたく音が響き、壁のモニターにピッコロとの戦いが再生される。

最後の岩山ごと爆発する場面で映像がとまった。それからわずかにタイムラインがまきもどり、ふたたび爆発がひろがるところから再開する。

画面の一部がズームされ、爆発の煙が不自然にゆがんでいる場所が大うつしになった。

「ここを見ろ」

1号が拡大した映像は、煙のなかからなにかが飛びだしているようにも見えた。

2号がスクリーンに顔をよせ、片眉《かたまゆ》をあげる。

「えっ、微妙だな……」

「ピッコロだとしたら、敵の組織にバレてしまった可能性もある」

1号の指摘に、2号は大げさな身ぶりをつけながら陽気に答えた。

「だいじょうぶ。すくなくとも、こんな場所の秘密基地は見つからないさ。かりにここがバレたとしても、そのとき組織ごと倒せばいいことじゃないか。おカタイなー1号は」

「組織……？」

ピッコロは眉をひそめた。

「おまえが軽率《けいそつ》すぎるんだ」

1号があきれたようにかえす。

そこで突然モニターの画面がかわった。レッドリボン軍のマークが回転する例のハデなオープニングが、ファンファーレとともにながれはじめる。

同時にリモコンを手にしたカーマインが進みでた。

「敵の中ボスと思われる、孫悟空やベジータというヤツはかなり強敵そうだ」

その言葉と同時に、みょうなポーズをきめた悟空とベジータがつぎつぎ表示される。

「恐ろしい魔人ブウもいる。さらに不気味《ぶきみ》なミスター・サタンの実力はまだ見えてこない」

それからブウがうつり、ミスター・サタンの写真にきりかわった。

「大丈夫。これで、ボクの最高傑作であるガンマの実戦でのすごさは証明されたからね」

ヘドが余裕の表情で二体の人造人間たちをふりかえる。

「ピッコロ大魔王は楽勝だったろ？　ガンマ」

戦闘ポーズをためしていた2号はぴたりと動きをとめ、余裕の笑みをうかべて答えた。

「ええ、がっくりするほどにね」

「……チッ」

ピッコロは舌打ちした。力が通用しなかっただけならまだしも、連中は戦いよりキメポーズに夢中なのだ。

そして、じっさいあの人造人間ガンマ二体が相手では、ピッコロに勝ち目がないことはみとめざるをえなかった。

「さすが天才ドクター・ゲロのお孫さんですな」

皮肉《ひにく》めいた口調でカーマインが言った。

「ふふん、ボクは超天才だけどね」

余裕をくずさないヘドに、マゼンタがむっつりと言う。

「その超天才のせいでピッコロを逃したのであれば、作戦を早めねばならなくなったな」

ヘドは自信たっぷりに立ちあがる。

「ご心配なく。ガンマの実力は立証できた。このデータをつかえばたいした時間もかからず、ガンマのコピーが何体でもできる」

そうして、二体のガンマたちのもとへと歩きながらつづける。

「ブルマをはじめとする邪悪《じゃあく》で強力な秘密組織さえ一掃《いっそう》してしまえば、ヤツらの手先とも思える軍や警察などとるにたらぬ存在。あっというまにこの腐った世界を制圧できますよ」

そう言いながらふりかえるヘドを、マゼンタはにらみつけるように見た。

「そんなことよりドクター・ヘド。セルマックスはいつになったら完成するんだ」

ピッコロは驚きを隠せない。

「……セルマックス!?」

「ご心配なく。ガンマたちがいれば、セルマックスなんて必要ない」

ヘドの言葉に、マゼンタのいらだちまじりの声が響く。

「いつかと聞いたんだ」

ヘドはしぶしぶといったようすでメインモニターにむかった。

「こいつか……そうだな。こっちはもうすこしかかりそうだ」

モニターの前までやってきたマゼンタが、いらいらとのぞきこむ。

「ほとんどできていると言ったはずだぞ」

「セルマックスの本体はとっくに完成しているが、脳のコントロールプログラムに時間がかかるんだよ」

ヘドのその言葉と同時に、目を閉じた異形《いぎょう》の頭部がモニターにうつし出された。

セルだった。見まちがえようがない。

思わずピッコロは身を乗りだしていた。

「どれだけ待ったと思っているんだ」

つめよるマゼンタに、ヘドは熱意のこもらない声で応《こた》えた。

「おことばですがマゼンタ総帥《そうすい》。すこしくらい時間がかかってもとにかく想像を超えた強さに、なんて注文したのはアンタだ」

マゼンタはいまいましげに言う。

「どうやらキミは、セルマックスが気にいらないようだな」

「スーパーヒーローには見えないからね」

ヘドはかすかに顔をしかめてモニターのむこうに目をやった。

「それに、ベースがドクター・ゲロのデータというのも気にいらない」

「セルの強さは実証ずみだ。キミも当時のニュースで見ただろう。しかしデータが複雑すぎて、われわれだけでは再現不可能だった。キミならさらにパワーアップして、よみがえらせることもできると思ったんだ」

ヘドはマゼンタに自慢げな笑《え》みをうかべた。

「もちろんたやすいことでしたよ。時間はムダにかかるけどね」

「ふん、キミがセルマックスよりガンマに夢中になっていなければ、とっくに完成していたんじゃないのか？」

「セルは、特殊な細胞をすこしずつふやして成長させるタイプだから、まっている時間が長いのは当然だ。むしろこの時間を有効につかって、ガンマを開発したことをほめてほしいね」

ヘドがうすら笑いをうかべる。マゼンタはぎりりと歯を鳴らし、腕をふりまわしてさけんだ。

「もういい！　かまわんから、セルマックスを起動してしまえ！」

「はやまってはいけないな、マゼンタ総帥」

ヘドはひややかに言った。

「こいつは、過去のセルをはるかにしのぐ恐ろしい怪物だよ」

マゼンタが勢いこむ。

「レッドリボンの力を見せつけるには最高の役者だろう」

「しかしいまの状態で起動して世にだしてしまえば、とんでもないことになるよ」

「なんだ？」

マゼンタがモニターを見あげるヘドをにらむ。

「制御がきかず、アンタの支配したがっている世の中そのものがなくなってしまってもいいのか？」

マゼンタは言葉につまった。

ヘドはつづける。

「セルマックスなんて使わなくても、やっかいな連中はガンマがかたづけてくれるさ。そのあとでセルマックスを起動して、世の中にアンタの力を見せつければいい」

「その言葉、信じていいんだろうな」

そう言いながら、マゼンタの目はヘドを信用していなかった。

「もちろんさ」

ヘドは自信にあふれた笑みでそうかえす。

「こ、これはまずいぞ……」

ピッコロは誰も自分に関心をはらっていないことをたしかめ、こっそりその場を離れた。

タワーをでてその裏手にある庭園に身を隠すと、ピッコロはスマホをとりだしてブルマをよびだした。口もとをかくしていたマスクをずらし、顔をあらわにする。

『なあに？　めずらしいわね、あなたから電話なんて』

「ブルマ、ベジータはいるか？」

おさえた声でたずねると、ブルマは苦笑《くしょう》をうかべた。

『いないわよ。例によってビルスさまのところ。もう三週間になるかしら』

「悟空《ごくう》もか？」

『当然よ』

「おまえ、たしかウイスさまと連絡する装置を持っていただろ。すぐに二人に帰ってこいとつたえてくれ」

『なあに？　なにかあったの？』

ブルマがけげんそうに聞いてくる。

「ああ、いまくわしく話せないが、とんでもないことになりそうなんだ」

『ふーん、わかった。連絡してみるわ』

ピッコロのせっぱつまった雰囲気《ふんいき》がつたわったか、ブルマはそれ以上詮索《せんさく》しなかった。

スマホを切りながら、ピッコロは考えをめぐらせる。

「とりあえずいまのうちに早くなんとかしないと……そうだ！　仙豆《せんず》がいるかもしれんな」

低くそうつぶやいて、ピッコロはその場から宙に舞いあがった。

めだたないようにすばやく上昇していくと、それまで見えていたレッドリボン軍の基地がチリチリとゆらいで湖面にかわっていた。


ビルスの星で、悟空はブロリーを相手に組手《くみて》の最中だった。

腕力ならかなうものはないかもしれないが、ブロリーはそれをうまく使うすべをしらなかった。そこで、悟空が稽古《けいこ》をつけているのである。

もっとも、ブロリーの攻撃をいなすのは悟空といえども簡単ではなかった。組手をはじめてそれほどたっていないのに、もう息があがりはじめている。

「う、うう……！」

何度めかの渾身《こんしん》の攻撃をうけながされ、ブロリーはぎりりと歯をならした。

「い!?」

身体《からだ》じゅうから緑色のオーラがふきだし、さらにその表面をはねるような電光がはしりはじめた。全身の筋肉がもりあがり、逆に視線はさだまらなくなってくる。

「う……うがが!!」

「ま、まった！　まった！」

悟空の声に、ブロリーの目が焦点《しょうてん》をとりもどす。同時にブロリーの身をつつんだ異様なオーラが消えていった。

悟空はがっくりと肩をおとしてはげしく息をついた。

「はあっはあっはあっ……おめえまたキレかかってるじゃねえか。そいつをおさえろって何度も言ってるだろ？」

「すまない。つい……」

「ん？」

うなだれるブロリーをよそに、悟空は別の方向にむきなおる。

「おめえさ、いいかげんにしろよ。そんなに長いあいだうごかねえとなまっちまうぞ」

ベジータだった。

ひらたい岩のうえでアグラをかいて、目を閉じている。もうずいぶんのあいだ、微動《びどう》だにしていなかった。

「うるさい、ジャマをするな。これもトレーニングだ」

悟空はあきれ声で言った。

「ウソ言うなよ。そんなのトレーニングなわけねえじゃん」

「キサマはなにもわかっていない。あの圧倒的に強かったジレン……じつは力そのものはオレたちとそれほど大きな差はない」

「え?」

ベジータはゆっくり顔をあげ、とじていた目をひらいて悟空を見た。

「パワーのつかいかたにムダがまったくないんだ。気づいたか? あいつはたたかいの途中でも、一瞬の攻撃をするとき以外は身体も精神もリラックスさせている。ゼロからの攻撃は相手に動きを読ませないし、瞬発力も大きい。そしてスタミナも温存《おんぞん》できるんだ」

「そうかなあ」

悟空が納得のいかない顔で首をかしげる。

ブロリーは神妙《しんみょう》な顔でふたりの会話に耳をかたむけていた。

「ジレンはおそらく本能でそれができるんだ。だからそれができないオレはまず頭のなかでトレーニングしている」

言いながらベジータがふたたび集中しようとするところへ、突然拍手の音が響いた。

「すばらしい。すばらしいですよ、ベジータさん！」

ふたりの頭上にウイスがういていた。ウイスは拍手しながらゆっくりと二人のあいだにおりたつ。

「よくそのことに気づかれましたね」

それからウイスは悟空に目をやりながらつづけた。

「そのとおり！　バカみたいに身体をきたえることだけがトレーニングではないんですよ」

「うーん」

悟空はまだ納得がいかないようだった。

ベジータはどうだという顔で悟空を見る。そのベジータにふりかえったウイスが言った。

「気づくのおそいんですけどね」

ベジータの顔がしかめられる。

「悟空さんはまだピンときてないみたいですねえ……そうだ！」

ウイスは楽しげにぱんと手をあわせた。

「ためしにお三方で試合をやってみましょうか」

ベジータが顔をあげた。

「ブロリーもふくめてか!?　冗談じゃない！」

「ちっとはよくなったけど、まだときどきヤバいんだよ、コイツ」

悟空が困り顔でつづける。

「キレたら、こんなちっこい星なんてなくなっちまうぞ」

ブロリーは、とまどい顔で悟空たちの話を聞いているだけだった。

「……たしかに」

ウイスはブロリーを横目で見ながら、ちょっと鼻白《はなじろ》んだ顔になる。

「では、悟空さんとベジータさんだけで、ブロリーさんはキレてはいけない試合というものがどういうものか見学していてください」

ふたたびにこやかな顔にもどってウイスがそう宣言する。そこにけだるげな声が響いた。

「ふぁぁぁぁ〰〰〰あ。ウイス！」

ビルスが大あくびをしながら歩いてくるのが見えた。

「オレが昼寝をしてどれぐらいだ」

ウイスはふりかえり、にこやかにあいさつする。

「おはようございます。そうですね、地球の時間でいえば四か月ほどでしょうか」

「なんだ、思ったよりはやく目がさめちまったな……やかましいし、いいニオイがしたんで――」

言いながら、ビルスが鼻をひくつかせた。と、見しらぬ顔があることに眉をひそめる。

「だれだ、あいつ」

「ブロリーさんですよ」

ビルスが目をむいた。

「ブロリー!?　なんでそんなヤツがここにいるんだ」

「ここなら絶対にフリーザはこないだろ？　安心だからつれてきたんだ」

あっけらかんと言いはなつ悟空に、ビルスは口からアワを飛ばしてくってかかる。

「勝手につれてくるんじゃない！　ここはホテルじゃないんだ」

ビルスはそこまで言ったところで、ただよってきた食べ物のニオイに口をつぐんだ。

「きましたね。ごあいさつなさい」

ウイスがそのニオイのほうに声をかける。そこにいたのは、ブロリーとともにフリーザ軍をぬけたレモだった。もっとも、その格好はまるで安食堂の料理人のようだったが。

レモは、大きなフライパンいっぱいにこしらえた料理を運んでいるところだった。

ウイスの横に立つビルスの姿に気づいて、こわごわと小さく頭をさげる。

「あ……あの……お世話になります」

ビルスは舌をならした。

「チッ、おまえもか」

「レモといいます。もとフリーザ軍でして……」

ビルスはレモの話を無視して、彼が運んでいるフライパンにくぎづけになっていた。

しばらく凝視《ぎょうし》してから、ビルスはレモにむかって手まねきする。

「いいニオイのもとはそいつか……ちょっとこい」

「……はい」

レモが言われるままに近づいたところで、ビルスはフライパンにつっこんであったおたまをとりあげた。

「そ、それは――」

とめる間もなく、ビルスはおたまの中身を口にほうりこむ。

「……ほう！　うまいじゃないか。おまえ、フリーザ軍ではなにをやってたんだ」

じつはそれが予言魚《よげんぎょ》のエサだとは言えず、レモはひたすら恐縮するしかなかった。

「雑用係でしたが、ときには調理も……」

「よし、おまえはいてもいい」

そこへ、大きな袋をかかえた小柄な人影がやってきた。ブロリーとレモとともにフリーザ軍をぬけたチライだった。

「なんだよ、広いだけで――」

チライはヨタヨタと歩きながら、目にはいったブロリーに声をかける。

「おー、元気そうじゃん」

「ああ……」

気づいた悟空がふりかえる。

「よう！」

「あんたたちもいたんだ」

チライはレモがいることに気づいた。

「ここ、思ってたよりカネ目のものがないじゃないか。ガッカリだよ！」

チライはレモに近づきながら、品のない口調でそう言った。どうやら袋の中身は、このあたりから拝借《はいしゃく》したものがつめこまれているらしい。

青ざめたのはレモだった。

「チ、チライ！　だまれ」

言いながらみょうな違和感をおぼえて、レモは目の前に立つ破壊神《はかいしん》にちらと目をやった。

ビルスはじっと袋をかかえたチライを見つめている。怒っているようには見えなかったが、なにを考えているのかわからなかった。

急におとずれた沈黙に、チライが袋のカゲからようすをうかがう。こちらをまっすぐ見つめるビルスの姿に、思わず声がでた。

「うあ」

チライはてきとうに言い訳しながら、そのままわれ右しようとする。

「あ、あの……その、ちょっと掃除《そうじ》を……」

「……今度はなにものだ」

ビルスのその言葉に、チライは顔をひきつらせて足をとめた。

「チ、チライです！　あの……あんた、いやあなたが破壊神ビルスさま？」

背中をむけたままのチライに、ビルスは不機嫌顔で答える。

「そうだ」

「宇宙でもっとも恐ろしいという……」

つぶやくように言いながら、チライはおそるおそるふりかえった。

ビルスのようすがおかしかった。チライの顔を目にしたとたん手にしていたおたまをとりおとし、突然全身をビリビリとふるわせる。

「んが……」

「!?」

ビルスのアゴがガクンとはずれるようにおちた。

チライは顔をひくつかせ、ジリジリとあとずさる。

長い沈黙があった。

「かわいいな……」

その場のだれも予想しなかった言葉に、ビルス本人をのぞいた全員――ウイスも例外ではなかった――が一瞬動きをとめていた。

「すきなだけいていいぞ」

ビルスがチライにまっすぐ暑苦しい視線をむけてくる。

チライはなにがおきたのか理解できず、その場で固まっていることしかできなかった。

「な……なんだ……あれ……」

さしもの悟空も、この場の空気の異様さに気づいたようだった。とまどったようにビルスとチライの顔を見《み》比《くら》べている。

ただひとり、ウイスだけがおもしろがるような笑みをうかべていた。

「ビルスさまの好みって、意外にベタだったんですねえ」

ウイスは小声でそうつぶやいてからぱんと手をうちあわせ、たからかにこう言った。

「はいっ！　さあさあ、そんなことより試合をはじめましょ！　最後まで立っていられたほうの勝ち。変身やかめはめ波《は》などの飛び道具はなしですよ。いいですね？」

ウイスが同意をもとめて全員をみまわす。とたん、ドンピシャの間合いでグウゥゥゥーッと腹の虫がなる音が響く。

「まずメシ食わせてくれよ。腹ペッコペコだ」

悟空の緊張感のない声に、レモとチライが足もとをすべらせてひっくりかえった。

「やれやれ、サイヤ人って」

ウイスは肩をすくめた。


「通信機……通信機……」

ブルマは自室の机のしたに頭をつっこんでいる。

通信機が見つからなかった。

さっきのピッコロのようすから考えて、急いだほうがいいのはわかっているのだが。

「いたっ!」

ひきだしにおもいきり頭をぶつけてその痛みをこらえながら、ブルマはちらかった部屋をぼうぜんと見まわす。

「どこだっけなあ……」

悟空たちは魚たちが水槽でおよぐ食堂で、大量の料理ののったテーブルをかこんでいた。

「おいしい地球の食料がなくなりましたので、味の保証はできませんが——」

ウイスの言葉をガン無視で、悟空は席についたとたんあたりの料理をてあたりしだい口のなかにおしこんでいた。

「こちらでご用意させていただきました」

それはベジータも、そしてもちろんブロリーもおなじだった。この段階で、すでに料理の何分の一かが消えうせている。

「さあ、めしあがれ」

もっとも、ウイスもそれはなれたことのようだった。順調に料理を消費していくサイヤ人たちをしりめに、近くにあった料理のひとつをつまんで口にはこぶ。

「すばらしい！　いったいなにをしたんですか!?　まるで魔法ですよ、レモさん！」

ウイスの手ばなしの賞賛《しょうさん》に、レモは照《て》れて頭をかいた。

「スパイスをいろいろ、ちょいと……」

その会話を聞いていた悟空が、不思議そうにベジータを見る。

「おい、なにかかわったか？」

「ぜんぜんわからん」

ベジータは一瞬食べる手をとめて、皿のうえの料理を見た。

ブロリーも首をかしげる。

だがいくつか料理をためしたビルスは、いままでにない上機嫌で席から立ちあがった。

「気にいったぞ、これから料理はレモが担当だ！　ウイスはクビ！」

「まあ、くやしいー！」

言葉とはうらはらに、ウイスはひどくうれしそうだった。


いろいろな意味でにぎやかな食事がおわり、悟空はふたたびビルスの庭園にいた。

満足げに腹《はら》をさすり、さっきまでの疲労などまるで残っていない顔をしている。

ベジータは悟空の立っている場所にほど近い、高い古木《こぼく》のうえに立っていた。

ふたりの顔からは、これからはじまる戦いにワクワクしているようすが見てとれた。

対峙《たいじ》するふたりからはなれた場所に立って、ウイスが腕をふりあげる。

「はじめてください！」

「だりゃぁああ――！」

先に動いたのは悟空だった。あえてなのか、パワーを見せつけるように足もとの岩をふみ割りながら加速していく。
悟空は古木の手前で地面を蹴《け》ってベジータにむかって飛ぶと、そのままの勢いですると
く右の拳《こぶし》を突きいれた。
一方のベジータは、最初の突きを簡単に見切ってかわす。
悟空は間髪《かんはつ》をいれず左拳を打ちこんだ。さらにそれも余裕でかわすベジータに、今度は
ヒジが飛んでくる。
すさまじい連続攻撃だったが、ベジータはそれらをすべてかわし、うけながしていた。
だが、悟空の攻撃はとまらなかった。回転しながら高くふりあげた脚《あし》が、ベジータの頭
上へとふってくる。
「だりゃあっ！」
ながれるような動きでベジータがそれをかわす。勢いあまった悟空のカカトが古木のう
えにおちかかり、そのまままっぷたつにひき裂いた。
崩壊《ほうかい》する古木の破片のなかから悟空が飛びだし、上昇する。
それを追ったベジータは、空中でまちうけた悟空の蹴りをかわし、つづいてたたきこま
れた拳の一撃を腕でガードした。
フルパワーの拳打《けんだ》をうけきれず大きく後退したベジータに、追いすがった悟空の蹴りが
炸裂《さくれつ》する。が、ベジータはたたんだ腕でそれもうけとめた。

これだけの攻撃をはなてばふつうなら多少は動きがにぶるものだが、悟空のスピードはかわらなかった。矢つぎばやにもう一発の蹴りをはなとうとする。

それを狙っていたように、ベジータは悟空の脚をつかまえていた。そのまま大きくふりまわし、なげ飛ばす。

「くっ……うわあっ」

悟空は飛ばされた方向にあった樹木を足場にして勢いを殺し、さらにその先にあるもう一本をつかんでくるりとまわり、方向を反転した。

むかってくる悟空に、ベジータは正面から応じる。

悟空の攻撃は、一発一発が大きなハンマーで殴《なぐ》られるような威力があった。

それをベジータはヒジをつかってうけ、いなし、はじき飛ばす。一瞬うまれたスキにベジータのヒジが命中したが、悟空はひるまなかった。

それどころかむしろ悟空は勢いをましていた。

「だりゃあああ！」

急激にましたスピードに、ヒジのうけがまにあわなくなる。

胸もとに一発。さらに姿勢がくずれたところにもう一発。こらえきれず、ベジータの身体がはね飛ばされる。

「ごふっ！」

空中でふんばるようにして急制動をかけたベジータは、悟空を見かえしてニヤリと笑った。

楽しくてしょうがないという顔である。

そこへ悟空が加速しながら蹴りをはなってきた。

ベジータはそれをかわし、悟空を誘うように背中をむけて飛んだ。

悟空とベジータは周囲の木々につっこんでへし折り、うちくだきながら、空中でからみあうように組手をくりひろげる。

戦いがながびいても、悟空の攻勢はとまらなかった。あいかわらずのパワーでくりだされる拳は、ちっともスピードがおちない。

くらべてベジータは、その攻撃をうけるのでせいいっぱいに思われた。

「まだまだぁ!!」

ついに悟空の拳がベジータを正面でとらえた。かろうじて手のひらでうけとめたものの、ふき飛ばされた勢いをとめることができず、背後の巨大な木——ビルスの寝床として使われている——に背中からつっこんでいった。

「ぐっ……」

だが悟空はとまらなかった。すばやくベジータに肉迫すると、すさまじい速度で蹴りを拳を連打してくる。

　なおもベジータはそれをうけつづけていたが、とつぜん目のはしをつりあげて悟空の手首をつかんでいた。

「調子に、乗るなよ!!」

　思いきり頭をうしろにそらしたベジータが、あっけにとられる悟空に頭突《ずつ》きをかます。

「カカロット!!」

　予想外の反撃に、悟空は身をのけぞらせていた。そこへベジータの蹴りがたたきこまれる。たまらずふっ飛ぶ悟空は、わずかに肩を上下させはじめていた。

　あれだけのパワーをこめて連続で攻撃しつづけてきたのだ。さすがの悟空も息があがりつつあった。

「へへ……」

　それでも、追ってくるベジータにむけた悟空の口もとには笑みがうかんでいる。

「なめるなよ!!!」

　飛びかかるベジータを悟空が拳で迎え撃つ。スピードに変化は見られなかったが、ベジータはそのすべてを見切ってかわしていた。

　逆にいままでうけにまわっていたベジータが、スキをついて攻撃をくりだしはじめる。

「うっ!!」

　胴への連打がきまり、悟空の動きがとまった。すかさずベジータがアッパーをはなつ。

「だあっ!!」

たまらず悟空の身体が後方に飛ぶ。なんとかブレーキをかけたものの、ダメージは隠しようがなかった。


その戦いのようすを、ブロリーはみじろぎひとつせずじっと見つめていた。

「……わずかだが、ベジータの動きがかわったな」

ビルスの言葉に、ブロリーは戦いに目をむけたまま深くうなずく。

クッションつきのシートにふんぞりかえったビルスとそのとなりにすわるウイスは、見《み》世《せ》物《もの》見物でもしているかのように緊張感のない会話をかわしていた。

「トレーニングの成果でしょうかね」

「長くなりそうだな」

「なにかデザートでもいただきましょうか」

ウイスの提案に、ビルスが舌なめずりするような口調でかえす。

「たとえば?」

「ベジータさんたちが持ってきたアイスクリームがたくさんありますが」

「じゃあ、あたしが持ってきてやろ――あげましょうか？」

すかさずチライが手をあげた。なりゆきであのふたりの組手を見させられているが、正直チライにはなにをやっているのかさっぱりわからなかったからである。

すかさずビルスが立ちあがった。

「じゃあ、てつだってやろう」

「あら」

すまし顔のビルスに、ウイスはうかんだ笑いを隠そうとしなかった。

食堂にもどってきたビルスは、さっそく冷凍庫をあさる。

「アイスクリーム、アイスクリーム……これだ」

ビルスは冷凍庫からとりだしたアイスのカップを胸もといっぱいにかかえながら、洗い物をしていたレモを見た。

「おいレモ」

「あ……はい」

「皿洗いはあとでいいから、おまえもアイスクリームを食べろ」

「……どうも」

ちいさく頭をさげながら、レモはビルスのむこうに立っているチライに目くばせする。

チライはただ肩をすくめるだけだった。

「あ！　あったあった」

適当に積んであった雑誌の下にそれはあった。

ブルマはようやく見つけた通信機をもちあげて、思いっきりキスをしてからもういちどほれぼれと見なおす。

「あった――――！」


ビルスは、たっぷりとすくったアイスクリームを至福の表情で口にはこんでいた。そのうしろには、すでに空《から》となったアイスのカップが山と積まれている。

「ブロリー、おまえも食べろ」

めずらしく気前のいいビルスの言葉も耳にはいらないようすで、ブロリーは目の前でくりひろげられる組手のなりゆきに集中していた。

さすがに悟空だった。ベジータの攻勢をしのぎながら、動きのキレももどりつつある。くりだしたパンチをかわされ、死角をつかれて背後をとられたベジータは、そのまま悟空の腕を腹にまわされて身動きとれなくなっていた。

「がっ!!」

「どりゃあ――――!!」

気合いとともに、悟空がベジータを背後に投げ飛ばすようにもろとも落下していく。

そのまま湖水にふたりが飛びこんだとたん、巨大な波がわきおこりくずれた波頭が雨のようにあたりにふりそそいだ。

「ふん……」

バケツをひっくりかえしたようなしぶきがたたきつける寸前、ビルスは右手をもちあげてパチンと指を鳴らした。

「うわっ!?」

チライは思わず頭をおおったが、彼女のうえに水は一滴もふってこなかった。見あげると、水滴はチライたちのうえで半球状《はんきゅうじょう》の見えないなにかにはばまれている。

「あらあら」

ウイスがビルスを横目で見る。

「ビルスさま、おやさしいんですね。だれかさんを意識して……」

「だまって食べろ！」

ビルスは顔をこわばらせてウイスをにらんだ。そうして、照《て》れ隠《かく》しのようにアイスを口にはこぶ。

カラになったカップのなかを少し見てから、ビルスはそれを後ろにほうった。カップは山のまんなかあたりに落ちて、コロコロところがってからなにかに引っかかってとまる。

それはカップの山からつきだしたウイスの杖《つえ》の頭だった。

杖の頭はぼんやりと光を明滅させていたが、カップのせいで誰も気づかなかった。

「もお！」

どのくらい時間がたっただろうか。

何回かけ直しても、延々《えんえん》よびだし中の点滅をくりかえすだけの通信機を見おろして、ブルマはイライラとさけんだ。

「なんでちっともでないのよー！」

DRAGONBALL SUPER

其之三《そのさん》

# ピッコロ、覚醒《かくせい》する

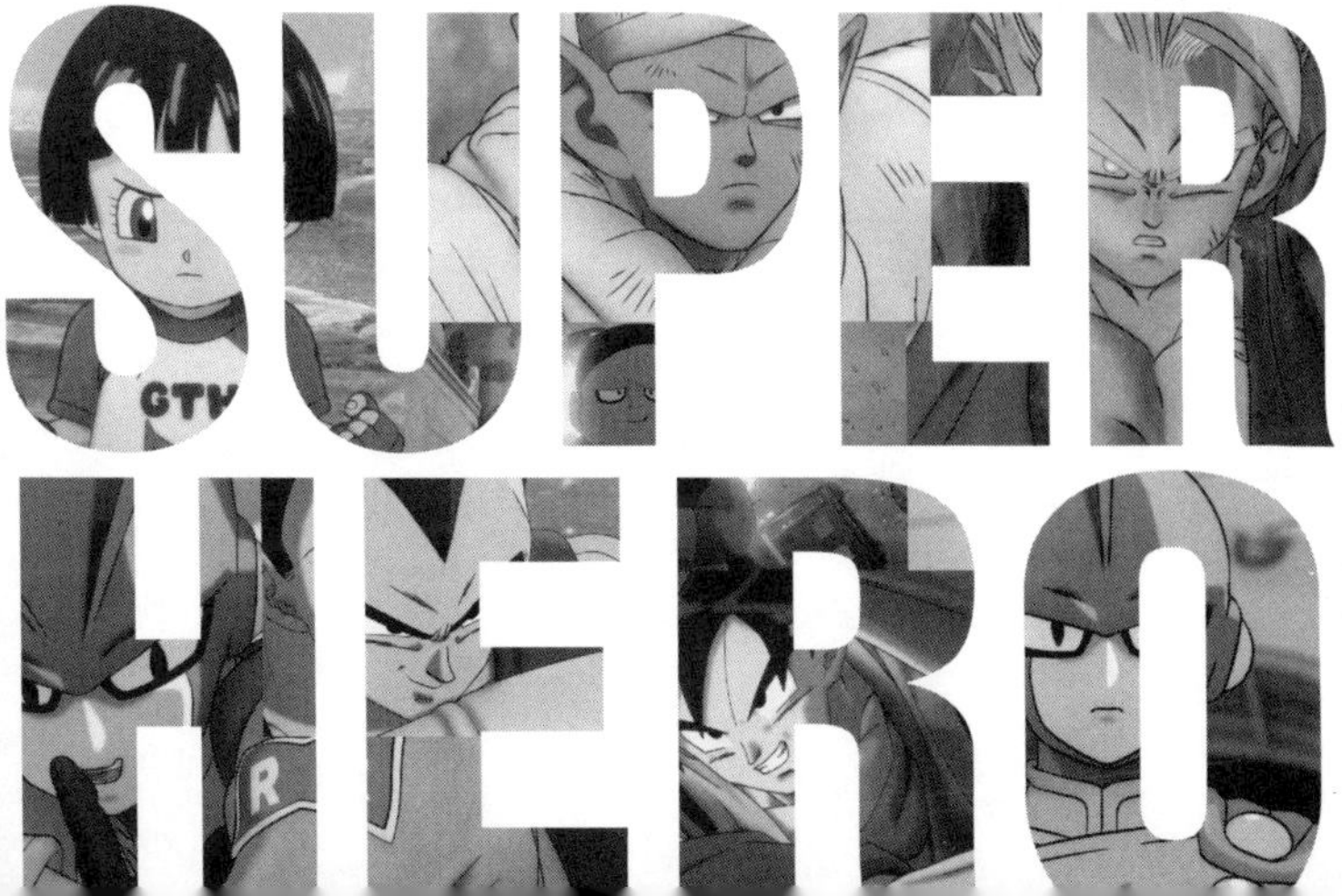

カリン塔《とう》では仙猫《せんびょう》のカリンと、完全についてしまったヤジロベーが待っていた。

「なるほど、そんなことが。気がつきませんでした」

ピッコロのもとめに応じて、カリンは仙豆《せんず》のはいった袋をとりだす。

「ありゃ～」

袋のなかをあらためたカリンは、恐縮しながら口をあけた袋をさしだした。

袋のなかには仙豆がふたつはいっているだけだった。

「すみません。いまは二粒しか……」

「二粒か……」

それでもないよりははるかにマシだった。なんといってもひと粒でどんなケガからも回復するし、体力も満タンになるのだから。

「それでいい。すまんな」

ピッコロは袋をうけとってちいさく頭をさげる。

「神さま、お気をつけて」

ピッコロはふりかえってカリンを見た。

「もう神じゃない」

「そうでした……」

ピッコロはスマホがブブブとふるえていることに気づいた。ポケットから指先でつまむようにとりだした画面に、ブルマが大写しになる。

「ブルマか！　どうだ、連絡はしてくれたか」

『それがさあ、なんど連絡してもでてくれないのよー。もうすこしつづけてみるけどさあ』

「……そうか、すまんな。そうしてくれ」

ピッコロはむずかしい顔になってスマホをポケットにもどす。

「連絡がとれませんか……」

心配げなカリンにピッコロはうなずいた。

「ああ。悟空《ごくう》とベジータぬきはキツイな。戦った感じだと、あのガンマという人造人間《じんぞうにんげん》たちの実力はあのふたりに匹敵《ひってき》しそうだ」

「そいつはまずいですな……」

カリンはそう言ってすこし考えてから、顔をあげる。

「孫悟飯《そんごはん》は？　いつかあなたが言っておられたじゃないですか。あいつはその気になれば、地球にいるだれよりも強いんじゃと」

カリンのとなりに立っていたヤジロベーがうんうんとうなずく。この男も昔悟飯とともに戦ったことがある。串刺《くしざ》しの餅《もち》を延々《えんえん》ほおばりながらでは説得力に欠けるが。

「いまのアイツはあてにならない」

ピッコロは険《けわ》しい顔になってカリンたちから顔をそむけた。

「そうですか……」

「17号と18号はドクター・ヘドのデータで弱点をしられているかもしれん。そして魔人《まじん》ブウは休眠期にはいってしまっている」

「……ということは」

カリンに背をむけ、ピッコロはヒザをついてしゃがみこんでしまった。

「なんてことだ……オレがなんとかしないと……」

みじかい沈黙のあと、ハッとピッコロが顔をあげる。

「そうだ！」

ピッコロの見おろす先には、なつかしい神殿《しんでん》があった。

細長いエントランスからかけだしてきたのは、いまや地球の神となったデンデだった。

「ピッコロさん！」

「デンデ！」

ピッコロは神殿にふわりとおりたって、デンデをむかえる。

「事情はわかっているか？」

「はい、うえから見ていました！　大変なことに……でも、ぼくにはなにもできませんが」

「以前、ナメック星《せい》でクリリンと悟飯が最長老《さいちょうろう》さまに潜在《せんざい》能力を引きだしてもらったと聞いたが」

「はい、ぼくも見ていました」

デンデの答えに、ピッコロはその場に腰《こし》を下ろした。

「このオレにやってくれ」

「え？　ぼくがですか？」

ピッコロはうなずく。

「ああそうだ。おまえは最長老さまとおなじタイプのナメック星人だ」

そこまで言って、ピッコロは目だけを動かしてデンデを見た。

「できるはずだ！」

「残念ですが、あの能力はあるていどの年齢にならないとできないんです」

デンデはもうしわけなさそうに言ってからうつむいた。

「すみません」

「なんだと……」

ピッコロは落胆《らくたん》した。わるくない考えに思えたのだが。

「……そうだ！」

なにかを思いついたようにデンデが顔をあげた。

「ドラゴンボールの力をかりては？」

「ドラゴンボール？」

「レッドリボン軍を消してくれとねがえば！」

だが、ピッコロはそれには答えず、ただうつむく。

ピッコロの考えを察したか、デンデがつづけた。

「それはプライドがゆるさないようですね。では、最長老さまのように神龍《シェンロン》にピッコロさんの潜在能力を引きだしてもらえば」

「できるのか！　神龍にもそんなことが」

思わずピッコロがふりかえる。

「アップグレードすれば、たぶん……」

「アップグレード？」

ピッコロは眉《まゆ》をひそめて聞きかえした。

「ほら、かなえられる願いも一つから三つになったでしょ？　あれとおなじですよ。ちょっとおまちください」

そう言ってデンデは神殿にもどってから、透明な器《うつわ》にはいった神龍の置物とビンにはいった水をもってあらわれた。

そうして、ワゴンにのせられた神龍の器にビンからの水をかけはじめる。

突然、器のなかの神龍が光をはなちはじめた。それはたちまち明るさをまして、あたりをあかるく照らしだした。

それほど時をおかず、神龍からの光はおさまりはじめる。やがて完全に光が消えると、デンデは神龍の置物を見て言った。

「はい、これで神龍のアップグレードができたと思います」

ピッコロは神龍の置物に目をやった。なるほど、言われてみればさっきと形がちがう。

「……オレも神だったが、しらなかったたな」

「あなたはずいぶんむかしに地球にきていますからね」

「しかしドラゴンボールをあつめる時間があるかな……」

考えてみれば、ボールが七つそろわなければいくら神龍をアップグレードしても意味がないのだった。ボールをあつめるために時間をかけていては話にならない。

「いまでしたら、ちょうどブルマさんが七個すべてを持っていると思います。ここ何年かは、ブルマさんが人手をつかってボールをあつめ、よからぬことにドラゴンボールを使われないためにあえてどうでもいい願いをかなえてもらっているようですから」

「あえて願いをかなえることもないだろうに」

あきれるピッコロにデンデが言った。

「ほら、すこし前にフリーザ軍にぬすまれてしまったことがあるじゃないですか。願いをかなえてボールをまたちりぢりに」

「なるほど。しかしそれはラッキーだったな」

ピッコロはスマホをとりだした。

「ブルマ！」

『はいはい、聞こえてるわよ』

「どうだ、連絡は？」

画面のむこうのブルマがうんざり顔になる。

『それがまだとれないのよ～』

ピッコロはスマホに顔を近づけて言った。

「ブルマ、もしかしてドラゴンボールをもっているか？」

『ドラゴンボール？　もってるわよ、ちょうど七個全部』

「よし、せっかく集めたのにわるいが、今回はオレにゆずってくれないか？」

言いながらピッコロはデンデに目顔《めがお》でわかれをつげ、神殿を飛びだす。

『え〜！』

「たのむ、どうせどうでもいい願いをかなえているんだろ？」

ブルマは不満そうにかえした。

『どうでもいいことなんかじゃないわよ！　……まあピッコロさんのたのみならしょうがないけど』

「すまん、すぐにそっちにいく！　庭でまっていてくれ」

ピッコロは、ブルマのいる西の都《みやこ》にむけて全速で飛んでいった。


「いでよ神龍、そして願いをかなえたまえ！」

ピッコロの言葉と同時に、目の前におかれた七つのボールが光につつまれた。

同時に、青空に墨《すみ》をながしたような黒雲《こくうん》がひろがっていく。それはあっというまに空をおおいつくすと、真夜中のようにあたりを闇につつみこんだ。

ボールの輝きが目もあけていられないほどに強まっていく。

突然ボールから光が飛びだした。それは大蛇《おおへび》のようにうねりくねって天にのぼっていく。真っ暗な空を背に、巨大な龍《りゅう》がこちらを見おろしていた。

神龍だった。

「さあ願いを言え。どんな願いも——あ」

地の底から響くような声でそこまで言いかけて、神龍は目をこらしてピッコロを見た。

「ピッコロさま……!?」

「神龍!! ナメック星の最長老さまのように、オレの潜在《せんざい》能力をめいっぱい引きだすことはできるか?」

ピッコロの問いかけに、神龍が答える。

「……ええ、もちろん。それがひとつめの願いですか?」

「ああそうだ。やってくれ」

そう答えてピッコロが身を乗りだすように前にでる。同時に、神龍はピッコロの頭上で大きく旋回《せんかい》しはじめた。

ごうっと風がふきつけ、それがピッコロのまわりから吸いあげられるように上昇していく。

それにつれて、ピッコロは自分のなかで眠っていたなにかがすさまじい勢いであふれでるのを感じていた。それがピッコロをつつみこみ、全身が輝きをはなちはじめる。

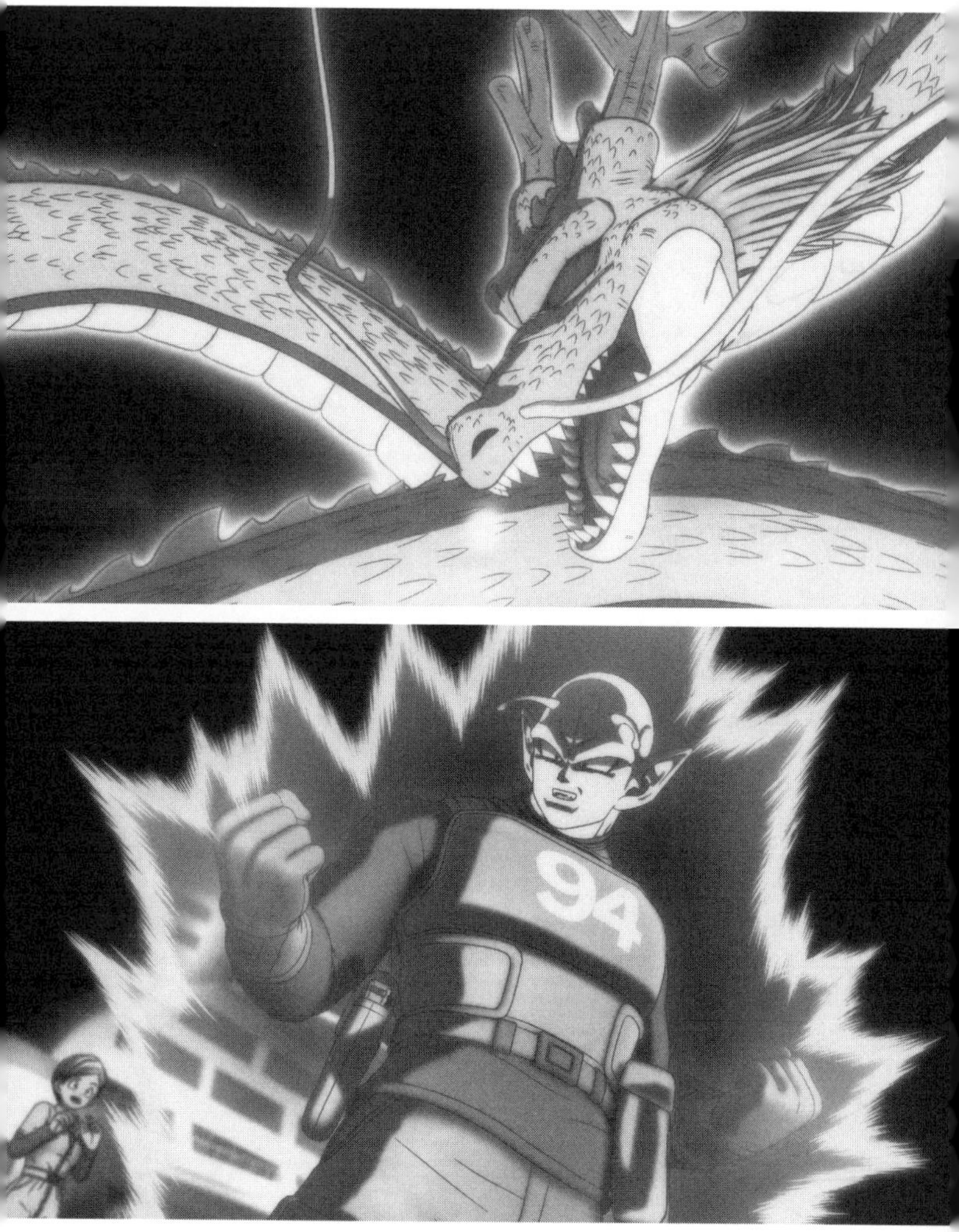
94

「こ……これは……!!　オ、オレの力は……これほどまで……」

ピッコロは驚きに声をふるわせる。

「すこしオマケしておきました」

神龍はその言葉とともにピッコロの前に鏡を出現させた。大きく見た目がかわったわけではないが、そこにはいままでとは別ものの自分がいた。

「では、あとふたつの願いをどうぞ」

「オレはもういい」

ピッコロはそっけなくそう答える。全身をつつむ光はいつのまにか消えていた。

「え、そうなの?　それだけ?　じゃあ、あとふたつはわたしが使っちゃっていい?」

ブルマだった。すこしはなれてなりゆきを見守っていた彼女は、期待にみちた目でピッコロを見ていた。

「ああ、当然だ。かまわない」

やったあ、とこおどりしてから、ブルマは口もとに手をあてて考えこむしぐさをした。

「じゃあ、お尻《しり》をもうちょっとキュってあげてもらおうかな。若い女の子みたいに」

「え?」

ピッコロはいま聞いた言葉の意味がすぐには理解できなかった。

「たやすい願いだ——はい、かなえた」

「じゃあ、みっつめはまたおハダの小ジワを自然な感じでとっていただこうかしら」

「ちょ、ちょっとまった」

顔をひきつらせたピッコロが割ってはいった。

「なによ」

ピッコロは一瞬言葉につまりながら、ブルマの顔をしげしげと見た。

「……そんなことに……ほかに、もっとなにか……」

「そんなことでわるかったわね！　じゃあ、まつ毛を二ミリぐらい長くしてもらおうかな」

「かなえた。ではピッコロさま、さらばです」

ぼうぜんとピッコロが見あげるなか、神龍はふたたび光となってドラゴンボールにすいこまれるように消えていった。

そうして、ボールは光をはなちながら天へと舞いあがり、いずこへともなく飛びさった。

気がつくと空はすっかり明るさをとりもどし、なにごともなかったかのように小鳥がさえずる声さえ聞こえてきた。

「いつも願いはあんな感じなのか」

ピッコロは神龍のさった空を見あげながら、どこか釈然《しゃくぜん》としない口調でそうたずねる。

「わるい？」

「い……いや、べつに自由だが」

ドスのきいた声できさかえすブルマに、ピッコロはタジタジとなる。

と。

「あーっ！　しまったーっ!!」

ブルマがハッとなってさけんだ。

「な、なんだ」

「ベジータたちを呼びもどしてってたのめばよかったんじゃない」

「……あ！」

ピッコロは思わずブルマにくってかかっていた。

「おまえの尻がすこしだけあがったせいで」

「なによ！　あんただって思いつかなかったじゃない！」

ピッコロはなにか言いかえそうとしたが、なにも思いつかなかった。だいたい、ブルマと口ゲンカして勝てるとも思えないのだが。

とつぜん襲った徒労感《とろうかん》に肩をおとしながら、ピッコロは言った。

「……オレはふたたび潜入してなんとかしてみる」

DRAGONBALL SUPER

# 其之四《そのよん》

# パン、誘拐《ゆうかい》される

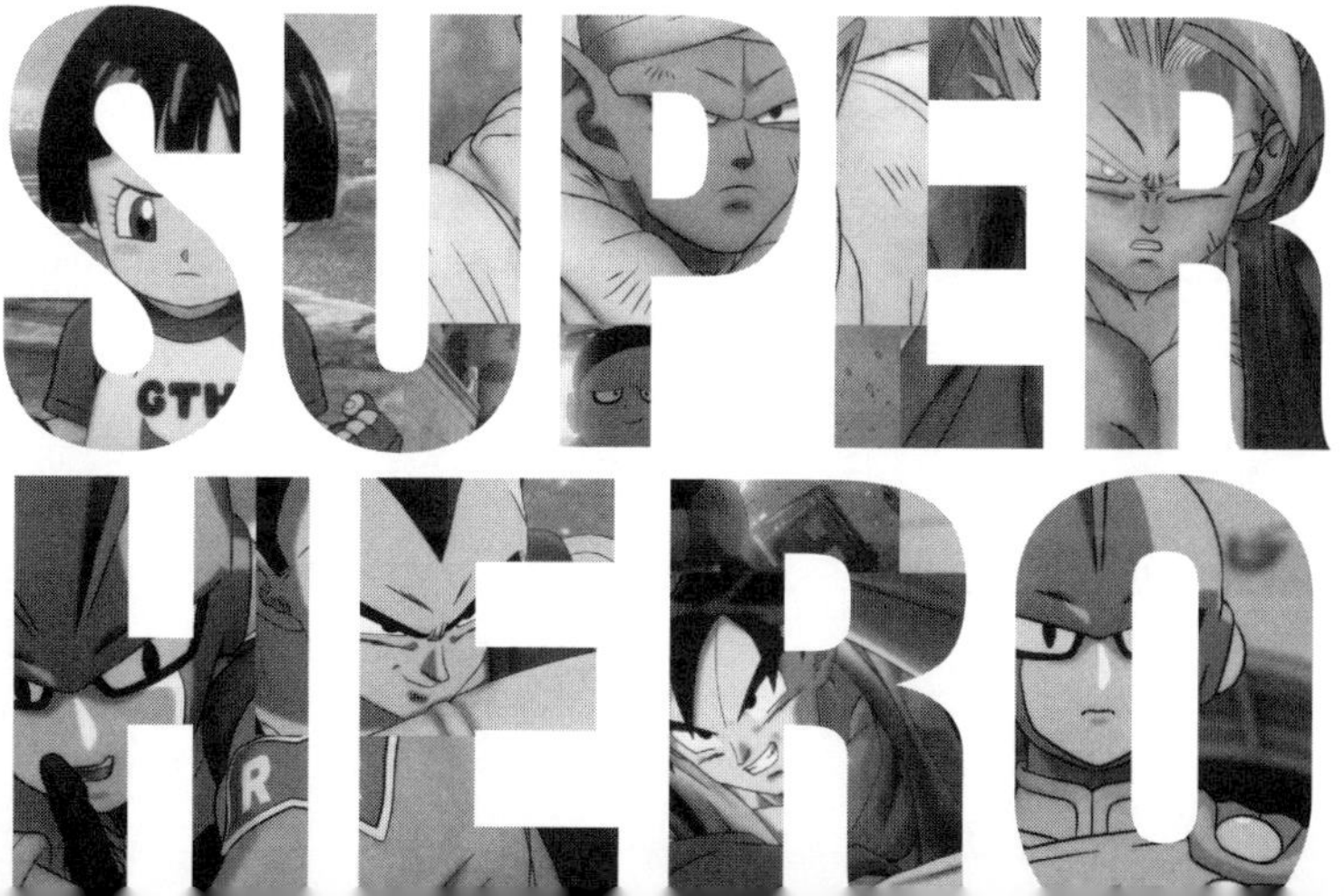

会議はまだつづいていた。

「つぎのターゲットは、孫悟空《そんごくう》かベジータというのはどうだ」

ピッコロがもどったのは、マゼンタがヘドとカーマインにそう話しているときのことだった。

「敵に対策をねられないうちに、一気にボスクラスをつぶしておくんだ」

「スパイによると、現在そのふたりは居場所がつかめないようです」

カーマインの答えに、マゼンタは顔をしかめてみじかく舌打ちした。

ピッコロはそれを聞きながら、そしらぬ顔で隊列にもどる。

「どこにいってたんだ?」

きいてきたのは、となりに立つ79番の兵士だった。

「あ……ちょっとお腹《なか》いたくてトイレに……」

ピッコロがでまかせを答えると、79番は心配げに言う。

「え、大丈夫か? 顔色わるいぞ」

まあたしかにナメック星人《せいじん》の肌《はだ》の色は、地球人視点ではなにかタチのわるい病気を連想させるものではあったが。ピッコロはとっさにゴーグルを下げた。

「だ、大丈夫です」

「ガマンできないならすぐ言えよ」

「はい……」

とりあえずあいづちを打ちながら、ピッコロはマゼンタの声に注意をもどす。

「では、裏切り者の17号か18号にするか、それとも不気味《ぶきみ》なミスター・サタンか」

葉巻《はまき》を片手に、マゼンタは肩越しにカーマインをふりかえった。

「孫悟空の息子《むすこ》の孫悟飯《そんごはん》というのはどうでしょう？」

「！」

悟飯の名前があがったことに、ピッコロはおどろきを隠せなかった。

「生物学者のふりをしていますが、スパイカメラによればその昔子どもでありながらセルをたおしたという恐ろしい存在」

カーマインがリモコンを操作すると、中央のモニターに日ごろの悟飯の姿がいくつもうつしだされた。そのなかにはピッコロが悟飯の部屋を訪れたところもある。

「ピッコロがひんぱんにヤツのアジトに出入りしていたところを見ても、悟飯が影のボスの可能性も。いまのうちにつぶしておかないと、やっかいなことになるかもしれません」

「なるほど。しかし、世間的にはセルマックスが完成するまで軍の存在はしられたくない。

街《まち》での騒動はさけねばならん……」

マゼンタが考えこむ。

「むずかしいですね……ヤツはめったにアジトからでてこない」

カーマインの言葉にマゼンタはなにか思いついたらしく、ニヤリとなった。

「それではここで戦ってもらおうか」

「ここで？」

カーマインがちいさく首をかしげる。

「孫悟飯にはたしか幼稚園に通《かよ》う娘がいたはずだ。そいつを誘拐《ゆうかい》して、悟飯ひとりをここへおびきよせればいい」

マゼンタの言葉を耳にしたピッコロの顔がしかめられる。

自分の思いつきをいたく気にいったようすで、マゼンタは上機嫌《じょうきげん》でカーマインを見た。

「ガンマの戦いぶりをこの目で見るのもおもしろそうだぞ」

「なるほど、それは兵士たちの士気もあがるかもしれませんね」

カーマインが賛同の声をあげるところへ、ヘドの不機嫌な声が響いた。

「敵とはいえ、その子どもを誘拐というのは感心しないね」

マゼンタの顔から笑《え》みが消える。

「科学者がよけいな口だしはしないでもらおう――おい」

「パンちゃーん、おそくなってゴメンねー」

先生が引くのがわかった。そりゃそうだ。

「オジちゃんは、ママにおむかえをたのまれたんだよー。さあ、いっしょに帰ろうか」

のぶとい声で言いながら、15番はパンにむかって手をさしだした。

「先生にサヨナラを言っ――」

大きな手がその小さな身体にふれたと思われた瞬間、パンの姿がかき消えた。すくなくとも15番にはそうとしか思えなかっただろう。

「たあーっ！」

ドゴッ!!

すばやく飛びだしたパンは、15番の腹《はら》にパンチをくらわせていた。

パンの何倍もある巨体が、ヒザをついたかと思うと音をたててくずれおちる。

「ま、まあ！　どうしたの!?」

先生がおどろきあわてている。パンはその先生をふりかえって言った。

「こんなひと、しらないもん」

ピッコロはあわてて物陰から飛びだした。とにかくここはうまくおさめなければ。

パンが顔をあげてこちらを見た。

「あれ？　ピッコロさん」

その声にピッコロは足をとめた。ピッコロはヘルメットをかぶり、マスクとゴーグルで顔をかくしている。パッと見てわかるとは思えない。

「ほう、よくわかったな」

ピッコロはゴーグルをあげ、マスクをおろした。

「わかるよ、カンタンじゃん。だってピッコロさんの気だもん」

「さすがだな」

「あら、じゃあそちらピッコロさんのおしりあいでしたの？」

先生がおそるおそる近づいてくる。

「おどろかせてすまない。これは訓練だったんだ」

「まあ」

「ほら、大金持ちのミスター・サタンの孫だし」

今日はよくでまかせを思いつく。ピッコロは内心自分に感心していた。

「あら、そうでしたの。よかったー」

先生は安心の表情をうかべて手をあわせた。

ピッコロは15番を肩にかついで、パンとともに飛行機へとむかった。

渋滞はますますひどくなっていて、クラクションの音で耳が痛くなるほどだった。やじうまも集まってきて、だんだん騒《さわ》ぎが大きくなりはじめている。

「ダメだよ。こんなところにとめちゃあ」

パンの言葉に苦笑しながらピッコロはうなずいた。

「ああ、早くでないとな」

「これ、だれの飛行機?」

「レッドリボン軍というわるいヤツらのだ」

ピッコロはパンをふりかえって答えた。

「パンはうしろに乗ってくれ」

そうつけくわえてから、ピッコロは15番をかついだまま渋滞の列を飛びこえた。パンもそれにつづいてジャンプする。

「どういうこと?」

タラップに足をかけたピッコロは、パンの声にふりかえった。

「飛んだら話す」

それからピッコロはポケットに手をつっこんで、ちいさな手錠《てじょう》をとりだした。

「いちおう手錠をするが、こんなのいつでもはずせるだろ?」

「楽勝だよ」

かんだかいエンジン音とともに飛行機が上昇していく。

「先生、バイバーイ！」

パンが先生に手をふる。と、ガクンと機体がかたむいてパンの身体が一瞬うきあがった。

飛びあがったはいいが、飛行機はまっすぐ進む気配がなかった。空中をでたらめにただよいながら、ちかくの建物にぶつかっていく。

ぼうぜんと先生が見おくるむこうでさんざんあたりを破壊したあと、とどめとばかりビルの屋上の看板《かんばん》を突きやぶって、飛行機はようやく前に飛びはじめたのだった。

「ピッコロさん、操縦ヘタだね」

うしろの座席から身を乗りだすパンに、ピッコロはひたいに汗をにじませながら指先でつまんだ操縦桿を動かしていた。

「こういうのは苦手《にがて》なんだ」

「それで？」

「ああ……」

パンにうながされて、ピッコロは話しはじめた。

「オレはある恐ろしい人造人間《じんぞうにんげん》のあとをつけて、レッドリボン軍というわるい組織に潜入《せんにゅう》した。そこで世界征服のためにジャマなわれわれを消す計画をしったんだ」

「せんにゅう?」

「こっそり仲間のフリをして、ようすをさぐることだ」

「あ、それでそんなカッコウなんだ」

ピッコロはうなずいた。

「それでヤツらはまずおまえのパパをおびきよせて倒すために、誘拐しようとしたわけだ」

「へー。でもおもしろそう!」

「ナメるんじゃないぞ、ほんとうにヤバいヤツらだ。パンは誘拐されてこわがっているフリをするんだ。オレがまもってやるから、心配しなくていい」

ピッコロはパンにむかって安心させるように笑いかけた。

パンも笑《え》みをかえしたが、すぐに心配顔になって言う。

「でもパパいそがしいみたいだし、きてくれるかなあ」

「あたりまえだ。これでこないようだったら、オレが半殺しにしてやる」

「ヘックション!」

そのころ、なにもしらずレポートに没頭していた孫悟飯は、盛大《せいだい》にくしゃみをしていた。

# DRAGONBALL SUPER

其《そ》之《の》五《ご》

## 孫《そん》悟《ご》飯《はん》、怒《いか》る

「いててて……！」

15番はひどい筋肉痛とともに起きあがった。

「助けてぇ、こわいよー」

背後からきこえた女の子の声に、はっとふりかえる。そこには、手錠《てじょう》の鎖《くさり》を配管に通されるかたちで拘束《こうそく》されたパンの姿があった。

「目がさめましたか？」

ピッコロが声をかけた。すでにマスクを引きあげ、顔を隠している。

「お、おまえがやったのか……？」

「はい」

15番にむかってふりかえったピッコロがうなずく。

操縦のために前をむいたピッコロの耳もとで、顔をよせた15番が小声で言った。

「……みんなには黙っとけよ」

「え？」

顔をむけたピッコロに、15番の顔がずいっとせまる。

「ガキに……やられたことだ」

「……わかりました」

パンはそのようすを物陰《ものかげ》からのぞいて、ひとりほくそえんだ。

「いや～はなしてー、こわいよ～」

棒読《ぼうよ》みぎみにパンがさけんでいる。

基地にもどってすぐ、パンはカーマインにかかえられ牢屋《ろうや》とよぶにはすこし豪華な部屋につれてこられた。

「あっ」

用意されていた子ども用のソファーにほうり投げられ、近くにあったぬいぐるみに飛びついたところで、パンの前にスマホのカメラがさしだされた。

ピッと録画開始の音が鳴る。同時にパンはぬいぐるみをだきしめ、さけんだ。

「パパこわいよーたすけてー！」

ふたたびピッと音が響いて、スマホを構《かま》えていた15番がうしろのソファーにふんぞりかえっているカーマインをふりかえった。

「撮影しました」

「よし、それを孫悟飯《そんごはん》に見せてここにつれてくるんだ」

カメラがとまったとたん、パンはこわがるようすもなく部屋のなかを見まわしていた。すこしはなれたテーブルのうえに黒いクッキーの皿があった。パンはソファーをおりて、テーブルのところまでやってくると手をのばす。

「おいおいおい」

と、パンの手がクッキーにふれる直前、べつの手がのびて皿ごともっていってしまう。

「おまえにやるお菓子《かし》じゃない。調子に乗るな」

立ちあがったカーマインが、パンを見おろしてにらみつけた。

パンのほおがぷーっとふくれ、ぎゅっとにぎった手に力がはいる。

「おい94番」

手錠をこわさないかとハラハラしていたピッコロは、3番の声にはっと顔をむけた。

「おまえもういちどいってこい。あのあたりにくわしそうだ」

「わ、わかりました」

そう答えながらピッコロはカーマインとにらみあうパンが気になってしかたがなかった。

「ここか」

15番は悟飯の家のチャイムを鳴らした。

「ムダですよ」

15番がふりかえった。ピッコロは家の裏手を指さした。

「こっちです」

悟飯はピッコロがきせた服のまま、机の前から動いていなかった。ピッコロが窓をノックすると、気づいた悟飯が立ちあがってこちらを見る。

「おまえ、ホントくわしいな」

窓がひらき、悟飯が顔をだした。

「なんですか？　あなたたち……」

ピッコロを押しのけ、15番が前にでる。

「孫悟飯か？」

「はい、そうですが……」

15番はそこでようやく悟飯の格好《かっこう》に気づいたようだった。

「な、なんだ、そのみょうな格好は」

「え？　ああ、これ？」

15番と話す悟飯に目をやりながら、ピッコロは眉間《みけん》にシワをよせていた。

「……オレに気づいていない……なんてことだ。パンでさえすぐに気づいたのに……」

突然、15番が拳銃《けんじゅう》をとりだして悟飯にむけた。

「死にたくなかったら、オレたちについてきてもらおう」

悟飯はメガネを指先で直してから、迷惑顔で窓を閉《し》めようとする。

「いまいそがしいんですよ」

「おまえこれが見えないのか!?」

キレぎみに言いながら、15番は悟飯に銃を突きつけた。

「あ!」

つよい衝撃があって、15番の手のなかから銃が消えた。悟飯がデコピンでもするように指で拳銃をはじき飛ばしたのだった。

ふりかえった15番は草むらではねる銃に気づいてから、眉《まゆ》をひそめて悟飯を見る。

「帰ってください。警察よびますよ」

迷惑そうに悟飯は言った。

「クッ……こ、これを見ろ!」

15番はジャケットのポケットからスマホをとりだし、悟飯の前に突きだす。

画面にうつっているのは、さっき撮《と》った手錠つきのパンの写真だった。

「パン!」

悟飯は窓枠《まどわく》をつかんで身を乗りだした。顔色は青ざめ、目を大きく見開いて。

「そういうことだ。娘はあずかっている。悲しい目にあいたくなかったら、おとなしくついてくるんだな」

やっと言いたいことがつたわったとばかりに、15番はほっとした顔で拳銃をひろいにむかおうとした。

悟飯は肩をふるわせながらうつむいた。うつむきながら窓枠をつかんだ手に力をこめる。異様な音とともに、悟飯の手のなかで太い窓枠が握《にぎ》りつぶされた。

「やれやれ」

自分のうしろでなにが起きているか気づくこともなく、15番はふっ飛ばされた拳銃をひろおうと手をのばした。

バキッ！

安いプラモデルがこわれるような音をたてて、15番の拳銃はいきなりあらわれた足にふみつぶされていた。

「！」

家のなかにいたはずの悟飯がなぜか目の前にいた。満面《まんめん》に怒《いか》りの表情をうかべて。

「うおおおおお！」

拳《こぶし》をにぎりしめ、両脚《りょうあし》をひろげてふんばる姿勢をとりながら、悟飯は地を震わす気合いを発した。とたん、髪の毛が逆立《さかだ》ち金色の光につつまれる。

00:00:04
REC

声もだせずへたりこむ15番の目の前で、悟飯は猛然《もうぜん》と気を高めていった。

音をたてて地面が沈み、それがさらに広い範囲をまきこんで深く沈みこんでいく。

気の高まりとともにさらに地面が沈む。さらに深く、さらに広く。

ついに悟飯のつくりだした陥没《かんぼつ》は彼の家の敷地《しきち》全体にまで広がり、けっして小さくはない家がぎ、ぎ、ぎと傾《かたむ》いていった。

手でさわれそうなオーラにつつまれて、悟飯はしびれるような怒気《どき》とともに言った。

「パンになにをした!!」

雷鳴《らいめい》のような声だった。ひと言発するたびに地面がゆれる。

15番は驚くべき速度で正座の姿勢をとると、おおあわてで答えた。

「だっ大丈夫ですっ! まだなにもしちゃいません!!」

それから額《ひたい》を地面にすりつけるようにさげて、上目づかいでこう言う。

「あ、あの……ついてきてもらえますか?」

「急げ!! パンになにかあったらタダじゃすまないからな!」

いちはやく距離をとってようすをうかがっていたピッコロは、思わずニヤリとなった。

「よーし、いいぞ!!」

あれならガンマにも勝てるかもしれない。希望が見えてきたというものだ。

雨がふっていた。大きな雨粒が音をたてて地面に打ちつけている。

さっきまでの上天気がウソのようだった。

秘密基地のタワー前の庭園には、ガンマ1号、2号と武装した兵士たちが勢ぞろいしていた。

ドクター・ヘド、そしてマゼンタ、カーマインの三人も傘《かさ》をさして空を見あげている。

彼らの背後にあるタワーのテラスにはパンの姿があった。ふりかえったカーマインと視線があうと、思いっきりいーっという顔をする。

孫悟飯をのせた飛行機がもうすぐもどってくる。そう報告がはいっていた。

「まもなくやってきます」

無線機を背負った兵士の声がきこえた。それにわずかに遅れて、かんだかいエンジン音とともに雲を裂《さ》いて飛行機が水煙《すいえん》をひきながら姿を見せる。

旋回する飛行機のなかでは、別人のように険《けわ》しい顔の悟飯が外に目をこらしていた。

「あそこか！」

パンの姿を見つけた瞬間、悟飯の気が爆発的にふくれあがる。

レッドリボン軍の面々は、頭上で飛行機が突然爆発するのを目撃することになった。

飛び散る破片《はへん》と煙を突きやぶったなにかが、大岩でも落ちてきたかと思うほどの衝撃《しょうげき》とともに兵士たちのまんなかに着地する。

悲鳴とともに逃げまどう兵士たちのただなかに、悟飯が立っていた。

「きた！　パパきた！」

見張りの手をふりきり、テラスに飛びつくパンを見て悟飯がさけぶ。

「パン！」

悟飯は地面を蹴《け》り、まっすぐパンのいるテラスに飛んだ。

「速い」

ガンマ1号が驚きの声をあげる。

「2号！」

ヘドの声に、ガンマ2号は悟飯の前へと飛びだしていた。

いきなり目の前に出現した2号に悟飯はとっさにかわそうとするが、2号の動きはそれをうわまわった。後頭部にまわし蹴りをうけ、悟飯は地面にたたきおとされた。

「パパ！」

パンの悲鳴が響くむこうで、マゼンタはガッツポーズをとる。

「よし！」

「このヤロウ……」

立ちあがった悟飯はいまいましげにそうつぶやくと、鍛練《たんれん》用の重い肩あてをぬぎすてた。

「1号」

ヘドの声に1号は悟飯にまっすぐ目を向けながら前にでた。

「おまえの相手はオレがする」

「ふっふっふ。娘をすくいたければそいつを倒してみろ」

そう言ったのは、やはり近くにいたマゼンタだった。

「おまえたち何者だ」

悟飯の問いには答えず、1号は自分の手のひらに拳を打ちあてながら近づいてくる。ゆっくりだった歩調は悟飯に近づくにつれて早くなり、大股になり、最後には雨水をけたてて疾走《しっそう》しはじめた。

1号は近づきざま悟飯にパンチをみまう。悟飯は交差した両腕でそれをうけたが、思った以上のパワーでガードをくずされていた。

そこへ1号の二撃目が打ちこまれる。悟飯は左からのアッパーを片腕でうけ、右脚をはねあげて反撃の蹴りをはなつ。さらに空中で回転してもう一撃！

背中から地面に倒れこんだ1号は、しかし倒れたままの姿勢でいきなり起きあがり、悟飯に頭突《ずつ》きをくらわせた。

それを自分の額《ひたい》でうけた悟飯は、1号と手を組んで力比《くら》べの体勢になった。

「くく……」

悟飯がうなり声をあげる。パワーではほぼ互角。組みあいが長引きそうに思えたそのとき、1号が素早く悟飯の足をはらった。

「うわっ」

バランスをくずして、悟飯は1号にかつがれるように投げられた。地面にたたきつけられ、悟飯の動きが一瞬とまる。

そのスキに1号は上空高くまで飛びあがった。そうして、立ちあがる悟飯の頭上から蹴りをくらわせようとする。

間一髪、ギリギリで身《み》構《がま》えた悟飯はその蹴りを両手で完全にうけ、逆に蹴り飛ばした。

1号はまたもダメージを感じさせない動きで着地、悟飯にむかっていく。

それを待ちうけた悟飯は鋭く拳を突きだしたが、逆に腕をからめとられ地面にたたきつけられた。

1号はそのまま空中に舞いあがり、悟飯めがけて足から急降下した。

悟飯はそれをかわしたが、1号の蹴りは敷石《しきいし》を突きやぶり庭園の地面を崩壊させる。

「ウ、ウソだろ……」

完全に戦意をうしなって、兵士たちはじりじりと後ずさっていった。

それは、テラスのうえでパンを見張っていた33番の兵士もおなじだった。完全にビビって、パンのことなどもはやどうでもよくなったようだ。

そこへ94番の兵士がテラスにはいってきた。ピッコロだった。

ピッコロは、悟飯のふっ飛ばした飛行機から15番とともに脱出していたのだ。

押されている悟飯を見てくやしげにしているパンに、ピッコロが声をかける。

「きてくれてよかったな」

「うん。でもあいつ強いね。パパ勝てるかな」

ピッコロは即答した。

「無理だ」

「……え？」

「悟飯が勝負のカンを完全にとりもどし、目覚《めざ》めることに期待しよう」


庭園の下には巨大な空間がひろがっていた。

くずれた地面ごと地下に落下した悟飯は、巨大なガレキをおしのけて立ちあがる。

そのむこうには腕組みをしてこちらを見おろすガンマ1号の姿があった。

「なんだ、キサマは」

「スーパーヒーローだ」

「はあ!?」

ふざけているのか？　わきあがった怒りにまかせて、悟飯はガンマ1号に飛びかかった。

だが力まかせの悟飯をもてあそぶように、1号はその攻撃をかるがるとうけながす。

「うっ！」

脇腹《わきばら》にヒザをもらって、悟飯の表情が一瞬苦痛にゆがむ。

ガンマ1号はそのスキを見逃《みのが》さなかった。間髪《かんはつ》をいれず悟飯のアゴに掌底《しょうてい》がはいる。さらにふき飛ぶ悟飯に追いすがり、両足首をつかんでふりまわしはじめた。

「わわっ」

下から庭園の地面を突きやぶり、悟飯が空中にほうりだされる。空中でブレーキをかけ、こちらを追って上昇してきた1号を見おろして、悟飯は言った。

「ロボットじゃないな……人造人間《じんぞうにんげん》か」

「さすがにくわしいな」

悟飯はずれたメガネをなおしながら、1号にたずねた。

「なるほど……だがなぜこんな卑怯《ひきょう》なことをするんだ」

ガンマ1号は不満そうに答えた。

「誘拐はわたしのアイデアじゃない。わたしはただ、正義のために命令を実行するだけだ」

「正義？　命令？」

「おまえたちのような悪の秘密組織をつぶすこと」

悟飯は眉をひそめる。

「なに？」

だがガンマ1号はそれ以上なにも言わなかった。

とまどう悟飯に一瞬で間合いをつめ、フェイントをかけながらヒジ打ちをはなってくる。

さらにヒザ蹴りで身体《からだ》をうかせ、追い打ちの蹴りをくらわせた。

悟飯はすばやく姿勢をたてなおして着地すると、練《ね》りあげた気を爆発的に解放した。逆立つ髪の毛が金色に輝き、燃えるようなオーラが全身をつつみこむ。

悟飯はメガネに手をかけ、わきにほうった。

超《スーパー》サイヤ人。

15番に見せたときのような中途半端なものではなかった。目の前の強敵を倒すために全力をこめた変身である。

その姿を目にした兵士たちからどよめきがおきる。

「なっ、なんだと……!?」

マゼンタもまた、驚愕《きょうがく》に青ざめた。カーマインはひきつった顔で固まっている。ヘドだけは身を乗りだし、悟飯の姿に興奮していた。

「……トリックじゃない！　ホントに宇宙人か」

悟飯が飛んだ。一気にガンマ1号との距離を飛びこえ、目にもとまらぬスピードで蹴りを二発、右のフックから左の拳打を一瞬のうちにたたきこんでいく。

ガンマ1号は悟飯をにらみかえしながら、ふき飛ぶ身体を静止させた。

「……その変身は想定内だ」

こんどは1号が猛然《もうぜん》と飛びだした。悟飯にかわす間《ま》もあたえず胴に腕をまわし、加速してクレーターの内側の壁につっこんでいく。そうしてそこに悟飯を押しつけ、そのまま壁で身体をけずりとるように飛びはじめた。

「くぅっ……くくく……」

ふりきれなかった。悟飯は気を左手に集中させ、ガンマ1号に押しあてる。

ドン！

ゼロ距離ではなたれた気功弾《きこうだん》をかわして、1号が悟飯からはなれる。

悟飯は岩のうえをすべりながら、さらに両手から気功弾を連打した。

「はあっ！」

だが、1号はそれらをすべてかわしていく。かわしながら腰のホルダーから銃を引きぬき、悟飯にむけて反撃のビームを撃った。

大出力のビームを、しかし悟飯はさしだした両手でうけとめる。行き場をうしなったビームは、何本にも分裂してめちゃめちゃな方向に飛び散った。

「わあああ!!」

悲鳴をあげながら兵士たちが逃げまどう。ビームの流《なが》れ弾《だま》が基地にいくつも爆発を引き起こしていた。

「しまった」

舌打ちしながら1号が銃をしまう。そこへ、悟飯がヒザを突きだしてつっこんできた。

とっさにうけた1号だったが、こらえきれずふっ飛ばされる。

着地した1号に、追ってきた悟飯が拳を構えてむかってくる。1号もまたすばやく姿勢をたてなおし、悟飯に飛びかかった。

一発、二発と打ちあっていったん距離をとった両者は、ふたたび距離を詰め、たがいの攻撃をうけとめた格好で組みあった。

すさまじいパワーの拮抗《きっこう》するなか、悟飯と1号がにらみあう。

「パパいいぞ! がんばれー!」

声援をおくるパンの横で、ピッコロは難《むずか》しい顔をしていた。

「くそ……まずいな……」

「え？」

「あいつは戦いながら相手の戦力や動きを学んでいるようだ」

悟飯の蹴りをうけた1号が、大きくふき飛びながらもなんとかふみとどまる。

それから身体をおこし、まっすぐ悟飯を見かえして言った。

「これがおまえのすべての力か？」

「なに？」

ガンマ1号は、サッサッと胸のあたりをはらいながらつづけた。

「そうであればおまえに勝ち目はない」

「なんだと！」

極端にスピードがあがったわけではない。ただガンマ1号の動きは、完全に悟飯の意識の死角をついたものだった。

気がつくと目の前に1号の顔があった。反射的に拳をくりだすが、あたらない。逆に胸に相手の拳がめりこんでくる。

「ハァッ！」

肺から無理やり息を吐きださせられる。

一瞬、悟飯の動きがとまった。そのスキをついて、ながれるような動きでガンマ1号は悟飯の身体に組みつき、投げ落とす。

敷石が大きくめくれ、悟飯の身体が地面にめりこむ。

「ぐっ……」

「い、いいぞ、すばらしい！」

ヘドが興奮してさけぶ。

「それでこそボクのガンマだ！」

悟飯の攻撃はすべてむなしく空《くう》を切っていた。そして、1号の攻撃は逆におもしろいほどあたる。ハイキックを見切られて背中にヒザをたたきこまれ、顔面に手刀《しゅとう》、さらにまわし蹴りからバランスをくずしたところを組まれて投げ飛ばされる。

「ちぃ……！」

悟飯は石ころのように飛ばされて近くの建物に激突し、粉塵《ふんじん》と破片《はへん》をまき散らした。

ピッコロはそこで短く舌打ちした。そうして腰を落とし、パンに耳打ちする。

パンがわかったという顔でうなずいた。

「く……このっ……」

悟飯は歯をくいしばり、なんとかおきあがろうとする。

見やった先にはゆっくりとこちらに歩いてくるガンマ1号の姿があった。

そのときだった。

「いったーい!!　キャー!」

パンの悲鳴が響いた。

悟飯が顔をあげ、ガンマ1号が声の方向をふりかえる。

「パン!!」

悟飯がさけんだ。その視線の先には、タワーのテラスのうえでレッドリボン軍の兵士につかみあげられているパンの姿があった。

「やめろ、なにをしているんだ!」

さけんだのはガンマ1号だった。

「子どもに手をだすんじゃない!」

「え」

パンをつかんだふりをしていたのはもちろんピッコロだ。パンとしめしあわせていたためつけるふりをしていたのだが、まさかレッドリボン軍の人造人間にとめられるとは。

「うああああああああああ―――!!」

悟飯のおたけびが地《じ》鳴《な》りのようにあたりをふるわせた。

全身をつつむオーラが爆発したかのように大きさをまし、それが周囲の空気をまきこんで竜巻のような上昇気流をつくりだす。オーラの輝きを帯《お》びたその気流は、あたかも天を衝《つ》く巨大な光の柱のようだった。

光の柱はさらに天高くのびると、上空の雲をつらぬいてちりぢりにふき飛ばした。とたん、あれほど激しかった雨がとつぜんやんでいた。

雨があがるとともに光の柱はしだいにうすれて細くなり、やがて消滅する。

消えゆく光の向こうから悟飯がふたたび姿を見せる。

髪の毛は本来の黒にもどり、金色のオーラの輝きもほとんど見えなくなっていた。

「………？」

ガンマ1号は悟飯になにがおきたのかはかりかね、ようすをうかがおうとした。

悟飯の目が1号にむけられたと思った刹那《せつな》。

1号の予測をうわまわるスピードで悟飯が飛びだした。

動きそのものにかわりはなかった。予測どおりの軌道で予測どおりに攻撃がくる。

1号は悟飯の拳を止めるために、手のひらを突きだした。

だが、パワーは予測の範囲外だった。いままではかるがるうけ止めていた拳が、ガンマ1号の守りを突きやぶって顔面を打つ。

姿勢をくずした1号に間をおかず追撃の蹴りがはいった。

「くっ……！」

とつぜん悟飯のパワーがはねあがったことを不思議に思いながら、1号は空中で姿勢をたてなおそうとした。

だが、悟飯はすさまじいスピードで1号の背中にまわりこんでいた。

バキッ！

背後から手刀《しゅとう》をくらい、1号は地面にたたきつけられる。

1号はすばやく身をおこしながら、とまどったように上空の悟飯を見あげた。

「な……なんだ？」

学習が追いつかない。おなじ人間のはずなのに、どうしてこのみじかい時間でこんなに急にパワーアップするのか。

悟飯はその1号を悠然《ゆうぜん》と見おろして、それからパンのもとへむかおうとふりかえる。

その目の前に、ガンマ1号がすべりこむようにあらわれた。傷だらけだったが、その目の闘志はおとろえていなかった。


「いいぞ、ついに覚醒《かくせい》した！」

「わーいわーい」

悟飯が人造人間をうわまわる力で戦いはじめるのを目にして、ピッコロとパンはよろこびのあまり拳をあわせてグータッチした。

ヘドはといえば、想像をこえた悟飯の力にぼうぜんとするばかりだった。

「そんなバカな……」

ガンマはオリジナルのセルにだって勝てる。楽勝でだ。そういうふうに作った。

それを孫悟飯は圧倒している。宇宙人はそんなに強いのか?

いっぽうマゼンタは顔をひきつらせて孫悟飯の戦いを見ている。

「ぐぐ……!」

すこし前まではこちらが押していたはずだったが、いまは完全に孫悟飯が優勢だった。

このままではまずい。ヘドめ、なにがガンマだけでじゅうぶん、だ。

そしてガンマ2号は1号と悟飯の死闘を静かに見つめていた。

「悪の秘密組織……ってなんだ!」

ヒジ打ちを腕でとめながら、悟飯は1号にむかってそうたずねた。

蹴られた勢いで距離をとると1号は銃をぬき、悟飯にむけながらさけぶ。

「おまえたちのことだ!」

銃の先端でエネルギーの球《たま》が成長していく。

悟飯はそれを見かえしたまま動こうとしなかった。

1号が引き金を引く。

ドゥン!

「ふざけるな!」

飛来したエネルギー弾を、悟飯は左腕をふるって打ちはらった。

はじけたエネルギーはバラバラになって、あたりにふりそそぐ。

そこかしこではげしい爆発が起こった。

それを見ていたマゼンタの顔からは、すっかり余裕がうしなわれていた。

「それが子どもを誘拐したヤツの言うことか!」

怒りの表情で近づいてくる悟飯に、ガンマ1号ははじめて冷静さをうしなっていた。

「悪の組織はそっちだろ!」

「……ちがう」

「お、おちつけガンマ!」

ヘドが混乱する1号にさけぶ。1号が安定しないとみるや、ヘドは自分の護衛《ごえい》のために近くにいた2号にむきなおった。

「2号、おまえも加勢《かせい》するんだ!」

「はっ!」

命令を待ちかねていたように、2号が飛びだしていく。

「おっと!!」

ガン！

何者かの声とともに、2号の後頭部になにかがあたった。見まわすと、そばにナンバー兵がつけているヘルメットがころがっていた。

声の主《ぬし》をもとめて顔をむける。頭上に見おぼえのある姿があった。

「ジャマはさせないぞ」

「なに？」

ピッコロが腕組みをして見おろしている。

「なんと」

2号の顔に驚きの表情がうかび、そしてそれはすぐに喜びにかわった。

「ピッコロ大魔王だったか」

「大魔王じゃない。ただのピッコロだと言っただろ」

その言葉とともにピッコロの身体が強烈な気をまとう。身につけていたレッドリボン兵のスーツがはじけ飛び、潜在能力の解放で身体を黄色に染めたピッコロがそこにいた。

「ピッコロさん？」

悟飯はとつぜん——でもなんでもないのだが——のピッコロの出現に気をとられていた。

そこにガンマ1号がパンチをはなつ。もちろん悟飯はそれを見切ってかわした。

戦いが再開される。

悟飯のパワーに圧倒されていた1号だったが、その学習能力によってしだいに差を埋めはじめていた。

「ホントに生きていたようだな」

その戦いをしりめに、ガンマ2号はピッコロをまっすぐ見かえしていた。

「まさかこりずにボクにやられにきたのかな？」

「さっきとはひと味ちがうつもりだ」

ほとばしる力のオーラとともにピッコロがガンマ2号を見おろす。

2号は両手を前につき、クラウチングスタートの姿勢をとって言った。

「……こんどは逃げるなよ」

いいざま、2号は爆発したと思えるほどの勢いで地面を蹴った。そうして、弾丸のような加速でピッコロにむかって飛びだしていく。

2号のくりだしたパンチをピッコロは右手ひとつでうけとめていた。同時にピッコロのはねあげたヒザが2号のみぞおちにきまる。

動きのとまった2号の頭上から、ピッコロの拳がたたきつけた。

勢いよくふっ飛んだ2号は、庭園の土台につっこんでいった。

悟飯はガンマ1号との格闘《かくとう》をつづけていた。

悟飯は1号の突きをかわして手刀で姿勢をくずしてから、首をきめて相手を抱《かか》えあげる。

そうして、投げを打つためにふんばりながら、頭上のピッコロにむかって言った。

「なんで、ピッコロさんが――」

ピッコロはたちあがろうとしている2号にむかいながら、悟飯をにらむように言った。

「説明してる場合か！　戦いに集中しろ！」

「はっはい！」

ピッコロの鋭《するど》い声におされたように、悟飯は1号を投げおとした。

その衝撃で、庭園の一画《いっかく》が崩壊《ほうかい》していく。


庭園に降り立ったピッコロの前に、ガンマ2号が立っていた。

見たところ、めだったダメージはないようだ。

「なにをしたんだ、こんな短時間で。それとも隠していたってのか」

「フン、教えてやるもんか」

ピッコロは警戒しながら身構えた。

だが、2号は余裕すら感じさせる笑みをうかべる。

「またか……しかしそれでもボクの実力には、ざんねんながらおよばないようだよ」

「なに？」

悟飯の優勢はかわらなかった。

だが悟飯の蹴り二発をもろに受け、相当のダメージをくらったはずが、1号はまるでこたえないとでもいうようにむかってきた。相手のヒジをヒジでうけながら悟飯が言う。

「おまえ、疲れしらずか……」

「人造人間だからな。エネルギーが切れるまで全力がだせる」

たがいにうしろに飛んで距離をとる。構えをとりながら悟飯がたずねた。

「残りのエネルギーは……?」

「まだ八二パーセントのこっている」

悟飯は顔をひきつらせた。

「げ……!　マジか……」


「くそっ、たいしたヤツだ」

ピッコロとガンマ2号は高速で飛行しながらはげしい攻防をくりかえしていた。だが、ピッコロが見ぬいたとおり、敵はこちらの技や動きを学習して対応している。

しだいにピッコロはガンマ2号におされはじめていた。

「ぐはっ!」

ついに2号のパンチがピッコロをとらえた。

「これほどパワーアップしても追いつけない」

ふき飛ばされたピッコロは背中からパイプラインに激突し、突きやぶった。

「ヘド博士の傑作だからね」

姿勢をたてなおすピッコロに2号がせまってくる。

「くっ」

ピッコロは周囲を見まわし、近くのガレキを気でかためて大きな塊《かたまり》をつくりあげた。

「おしいな。フンッ！」

そして近づいてくるガンマ2号になげつける。

「おしい？」

2号はすばやくぬいた銃でガレキを撃った。砕《くだ》け散《ち》るガレキのむこうで、額に指先をあてるピッコロの姿があった。指先は気の輝きを宿し、電光のようにバチバチとはじけている。

「なにがだ」

「おまえは……わるいヤツじゃない」

ピッコロは光のやどった指先を、ガンマ2号にむかって突きだした。

「バカな命令にしたがってるだけだ……！」

ビームのような高密度の気と、その周囲で細く長い渦《うず》を巻く気《き》功波《こうは》が組みあわさった強烈なエネルギーが2号におそいかかった。

魔《ま》貫光殺砲《かんこうさっぽう》。ピッコロの必殺技である。

「ハッ」

2号は魔貫光殺砲のエネルギーがとどく寸前、バリアをはってそれをはじき飛ばした。

「それがどうした！」

はじかれた気があたりに飛び散って爆発を起こす。兵士たちの逃げまどう声が響いた。

「ボクたちはそのためにつくられたんだ……」

ピッコロは指を突きだしたままの姿勢でつづけた。

「その命令をだしたドクター・ヘドも、マゼンタからまちがった情報をつたえられていたとしたら……？」

「そんなことはない！」

さけぶや、ガンマ2号はピッコロに突進する。その蹴りを腹部《ふくぶ》にうけ、ピッコロは2号とともに庭園のわきにある谷へとおちていった。

ピッコロは谷のなかを走るモノレールのうえにのがれていた。

ガンマ2号もピッコロにむきあうように立っている。

苦痛に顔をゆがめながら、ピッコロは言った。

「うすうす気がついているはずだ」

「……だまれ」

2号はピッコロをにらみつける。そうしてこきざみに肩をふるわせながらうつむいたかと思うと、とつぜんピッコロにおそいかかってきた。

反応できないピッコロにパンチを一発、二発とくらわせ、たおれたところを足をつかんでふりまわしはじめる。

ブンッ！　2号は底の見えない谷にむかってピッコロをほうった。

遠のく意識のなか、ピッコロはどこまでもおちていく自分を感じていた。


――すこしおまけをしておきました。

神龍《シェンロン》の声が聞こえた。

天空を舞う龍《りゅう》の姿が見えたと思ったそのとき、ピッコロは自分のなかに新たな力が生まれつつあることを感じていた。

ピッコロの背に光の輪が走り、そのなかに光で描かれた樹木――故郷ナメック星の樹《き》アジッサ――が成長していく。やがて光の樹は光の葉をつけ、まるい光の紋章《もんしょう》となった。

それは、ナメック星人の誇りをあらわすシンボルだった。

ピッコロの落下がとまり、身体がオレンジ色の光につつまれていく。

とつぜん、その光が爆《は》ぜた。

「……え？」

気づいた悟飯が動きをとめる。

それは人造人間たちもおなじだった。

谷底からなにかがあがってくる。

悟飯たちの見守るなか、全身をオレンジ色にそめた人影があらわれた。

ピッコロ――だった。

大きかった。もとのピッコロも長身だったが、確実にひとまわりは大きくなっている。

身体つきも小山のようだった。胸板は厚くなり、肩も大きくもりあがり、手足は丸太のようだった。顔つきも獰猛《どうもう》な闘士《とうし》を思わせるゴツゴツとしたものに変貌《へんぼう》している。

だがなにより目を引いたのは、その全身がオレンジ色に輝いていることだった。

「!?」

ガンマ1号がとっさにうしろへ飛ぶ。

音もなく浮上したピッコロが、ゆっくりと庭園のはしに降り立った。

ズン、と音をたてて地面が沈む。ふみだすたびに、地響きをたてて地面が割れるのだ。

「今度は──」

ガンマ2号がいらだたしげにさけんだ。

「なんだー！」

エネルギーを解放した2号が、加速しながらピッコロへとつっこんでいく。

「ダァァァあああああ！」

すさまじいラッシュだった。ピッコロの胸板に、いままで見せたこともないスピードのパンチがつぎつぎ打ちこまれていく。

それが、まったくきいていなかった。それどころか身体がゆらいでもいない。

ピッコロはガンマ2号を見おろした。それから表情もかえずにふりかぶり、2号にむかって拳をたたきつけた。

とてつもなく重い一撃だった。2号はなすすべなく地面に激突し、身体をめりこませる。

ピッコロは顔をひしゃげさせ、動けなくなった2号に顔をむけた。

「しるか」

低くそう言ってから、ピッコロは自分の拳に目をやる。

「神龍のヤツ、ずいぶんオマケしやがったな」

ヘドはその光景をしんじられない面持《おもも》ちで見つめていた。

「そ、そんな……」

「な、なにをしているおまえたち！　撃て、撃ち殺せ！」

マゼンタはぼうぜんと戦いを見ていた兵士たちにさけんだ。その声でわれにかえったか、兵士たちが及び腰ながら銃を構える。

ピッコロに、悟飯に銃弾が撃ちこまれた。ふたりの身体のうえで無数の銃弾が火花をちらしたが、まるできいてはいなかった。

「く、くそ……！」

マゼンタはおびえた表情でじりじりとあとずさる。

「総帥《そうすい》」

カーマインの声に、マゼンタがうなずいた。

「ああ、こうなったら……！」

悲鳴をあげて逃げまどう兵士たちのなか、ヘドはとつぜん姿を消したマゼンタたちをさがしていた。

「………？」

全力で走りさるふたりのうしろ姿を見つけて、ヘドは眉をひそめた。

ふたりのむかう先には小型の飛行マシンが見えた。逃げようとしているのか？

いや、ちがう。

「あ、あいつ……」


飛行マシンはすぐ目の前だった。

「こらーっ！」

必死で走るマゼンタたちは、背後から聞こえてきた幼い声に思わずふりかえる。

「逃げるなー！」

パンだった。手錠ははずしたようだった。見た目はただの小さい女の子が、武装したガードの兵士たちを蹴り倒し、殴《なぐ》り飛ばしてせまってくる。

「ひぃ！」

マゼンタの口から悲鳴がもれる。

「総帥はお先に」

カーマインが銃をぬき、マシンに走るマゼンタをかばってパンの前に立ちふさがった。

「このガキっ！」

言うや手早く銃身をスライドさせ、パンをねらって撃つ、撃つ、撃つ。

「わっ！　わわっ！」

何発も撃ちこまれた弾丸を、パンははねるようにかわした。

と、カーマインの銃が飛んできたビームに破壊されていた。

「な、なにをする！」

手首をおさえてビームの方向を見たカーマインは、そこにガンマ２号とピッコロがいることに気づいた。

「ガンマ……！」

２号は怒りをあらわにカーマインをにらみつける。

「たったいま確信した。どっちが悪か……！」

つぎの瞬間、カーマインにパンが飛びかかっていた。横《よこ》っ面《つら》に蹴りをもらってリーゼント頭が大きくぐらつく。

「えいっ」

それからパンはカーマインの正面に着地して、腹に拳をくいこませた。小さな身体からは想像もつかない一撃に、カーマインは悶絶《もんぜつ》した。

「おおおおお……」

カーマインはよたよたと二、三歩あとずさって、ヒザからくずれおちた。

それを見ていた２号とピッコロがたがいに目をあわせ、うなずいた。同時にピッコロの身体がもとにもどっていく。

「悟飯！　もういい、戦いをやめろー！」

悟飯はガンマ1号ととっくみあいの最中だった。

「……いったい……どうしたんですか？」

「あがあ？」

ガンマ1号のアゴをつかんだままの格好で、悟飯が顔をあげる。

「どうやら双方に誤解があったようだ」

ピッコロの言葉をすぐには理解できず、悟飯と1号はきょとんと見かえすばかりだった。

DRAGONBALL SUPER

其《そ》之《の》六《ろく》

# 目《め》醒《ざ》める恐《きょう》怖《ふ》

ヘドは高速チューブをつかってラボにむかっていた。マゼンタのあとを追ってのことだった。

ヘドの乗った移動用のカートが、チューブづたいにラボのなかにはいっていく。

マゼンタの姿はすぐに見つかった。ラボの中央、セルマックスの培養《ばいよう》カプセルのそばでなにかしている。

「なにをするつもりだ！　……まさか！」

「そうだ、セルマックスを起動《きどう》してやる！」

マゼンタはカプセルのコントロールパネルにとりついて、必死の表情でキーボードをたたいているところだった。

「！」

マゼンタに気をとられて、ヘドはチューブの終点が近づいていることをわすれていた。

力まかせにカートのブレーキを引く。だが、すこしスピードが落ちただけだった。

ヘドはカートから立ちあがり、チューブの切れ目から飛びおりた。

うけ身をとってころがるヘドの頭上で、カートがストッパーに激突して爆発する。

ころがった勢いでマゼンタのすぐうしろまでやってくると、ヘドはポーズをつけながらはねおきた。

「とうっ！」

気づいたマゼンタが肩ごしにふりかえる。ヘドはさけぶように言った。

「バカなことはやめろ！　ガンマたちはまだ戦っている！」

「バカはおまえだ」

マゼンタの手には拳銃《けんじゅう》がにぎられていた。それをまっすぐヘドにむけながらマゼンタは大声でわめくように言った。

「楽勝じゃなかったのか！　キサマなんかを信じたせいでこのピンチだ！」

「ガンマたちは混乱しているんだ。たおすべき敵に悪意が見えてこないから」

必死でさけぶヘドに、マゼンタは小バカにするような目をむける。

「フン、それはキサマがくだらないヒーローの要素なんかを植えつけたせいだ！」

ヘドはくやしげに顔をゆがめた。

「いつか息の根をとめてやることを楽しみにしていたぞ」

マゼンタはそう言うと、傲慢《ごうまん》な笑《え》みをうかべて引き金を引いた。

パンと乾《かわ》いた音が響く。ヘドは胸をおさえ、力がぬけたようにヒザをついた。

「う……うう……」

「フン」

たおれたヘドを満足げに見おろして、マゼンタは作業にもどった。

モニター上には、最終段階のパスワード入力の画面が表示されていた。なれた手つきで入力をおえると、マゼンタは勝ち誇った顔で球形の巨大なカプセルを見あげた。

「よし……」

あとは、起動用のメインスイッチを押すだけだった。

と、くるくるとバレリーナのように回転しながらマゼンタの背後に立つ影があった。

驚きにマゼンタがふりかえる。

「ド……ドクター・ヘド!?」

ヘドは胸に穴のあいた白衣のエリをただし、ひとつずつボタンをはずしながら言った。

「忘れたのか？　ボクの皮膚《ひふ》はあるていどの衝撃ならたえられるように改造したって……」

白衣《はくい》をぬぎすてたヘドは、ヒーロースーツに身をかためていた。

マゼンタがくやしげな顔になってうつむく。

「そうか、そういえばそんなことを言ってたな」

ヘドはニヤリと笑って、右手ににぎった光線銃をマゼンタにむけた。

「だが――」

マゼンタが顔をあげる。邪悪《じゃあく》な笑いとともに。

「わたしもそれに近い処置はしていてね」

言いながらマゼンタは大きく腕をふりかぶり、なぜか近くにおいてあった衣装ハンガーを引きよせる。

ヘドがいぶかるなか、マゼンタはていねいに上着をぬいでシワをとり、ひとつひとつハンガーにかけていった。

背中をまるめるようにしてちまちまとスーツやシャツをかけおえると、マゼンタは突然背すじをのばし、不敵《ふてき》に笑いながらヘドにむきなおった。

「天才からみればたいした改造じゃないかもしれんが、おまえよりは強いはずだ」

マゼンタの上半身はぶあつい装甲《そうこう》におおわれている。

ヘドはくやしげに顔をゆがめてじりじりとあとずさった。

「ククク……こんどこそおまえはおわりだ」

追いつめられたヘドは、顔の前にもちあげた手首にむかって言った。

「ハチ丸《まる》」

ブーン。

不意に聞こえた羽音《はおと》に、マゼンタがきょとんとなる。

「ん？」

首のあたりになにかがふれた感覚があった。間《ま》をおかずするどい痛みがはしる。

マゼンタはあわてて首のあたりをたたいた。ふたたび聞こえた羽音がとおざかっていく。

「ぐおおおおお！」

マゼンタが苦しみの声をあげた。

「言っただろ。改造しても人間の部分が残っていたら、ハチ丸の毒でイチコロだって」

のどをかきむしりバタバタとあばれるマゼンタに背をむけ、ヘドはほくそえんだ。

「あんたの莫大《ばくだい》な資金は研究者からすれば魅力的だ。ボクはいくらかいただいて、ガンマたちと逃げようと思う」

マゼンタは苦痛にもだえながら、さっきまで操作していたパネルへと近づいていく。

「ぐぎぎぎぎぎ……」

のこった力で、マゼンタはパネルに拳《こぶし》をたたきつけた。

「うおおおおお！」

ガシャンとガラスのわれる音とともに、最後のスイッチがはいった。

カプセルののぞき窓から強い光がはなたれる。同時にその表面を放電が走った。

「しまったあああ‼」

ヘドのとり乱した声が響くなか、ラボ全体が激震におそわれたようにゆれはじめた。

あちこちでサイレン音が鳴り響いている。

それ以外は、さっきまでの戦いがうそのように基地はしずまりかえっていた。

「どうなっているんだ、2号」

まだ事情がのみこめていない1号が2号を見る。

「どうやら雲行《くもゆ》きがかわってきたみたいだ」

2号がこたえる声にかぶさるように、飛行機のエンジン音が聞こえてきた。

タワーのわきにカプセルコーポレーションの飛行機がおりてくるのが見えた。

「よし」

操縦席《そうじゆうせき》のブルマがハッチを開いた。

「一番乗りー！」

飛びだすようにおりてきたのはトランクスだった。すぐあとに悟天《ごてん》がつづく。ハッチのむこうから、ようすをうかがうようにそっと身を乗りだしたのはクリリンだった。クリリンのあとからゆっくりと歩いてでてきたのは18号。

最後におりてきたブルマが、ピッコロたちにむかって手をふった。

「たのもしい助《すけ》っ人《と》にきてもらったわよ。クリリン以外は」

「傷つくなあ」

クリリンはふてくされた。

「こう見えても警察署じゃ超人《ちょうじん》って言われてるんすからね」

悟天が悟飯を見つけてかけよってくる。

「あ、めずらしいな。にいちゃんも戦いにきたんだ」

悟飯は目をすがめて悟天のほうを見た。

「悟天か？」

それからやはり見づらそうにトランクスに顔をむけ、手をあげてあいさつする。

パンを見つけたブルマがかけよってきた。

「あっちょっと、パンちゃんまでいるじゃないの。いくつになったの～？」

「えっとね、三歳」

目の高さをあわせて話しかけるブルマに、パンがにこにこと答えた。

そのようすを見ていた18号が、ガンマたちに目をむけて言った。

「そいつらが新しい人造人間《じんぞうにんげん》かい？」

すかさずピースサインをかえすガンマ2号をちらりと見てから、ピッコロがうなずいた。

「ああ」

「ちょっとカッコイイな」

トランクスの言葉に悟天があいづちを打つ。

ピッコロがふたりを見て、けげんそうに言った。

「あのふたりは……まさか」

パンがピッコロを見あげる。

「トランクスくんと悟天くんだよ」

「しばらく会ってないと思ったら、急に大きくなりやがったな」

「サイヤ人はずっとちいさくて、あるときから急に大きくなるんですよ」

悟飯だった。

「父さんもそうだったって言ってるし、ボクもでしょ？」


起動スイッチはマゼンタのせいで完全に破壊されていた。そのほかにもこわされた部分がいくつかあって、通常の解除の操作そのものができない状態だった。

青ざめた顔で、それでもヘドは必死でコントロールパネルを操作していた。

「くっ……くうう」


クリリンがガンマたちを横目で見ながら悟飯に話しかけた。

「ど、どうなってるんだ？　戦ってたんだろ？　あいつらと」

「ええ……」

悟飯はあいまいにうなずきながらクリリンにたずねた。

「ところで、どこかにぼくのメガネっておちてません？　よく見えなくて……」

言いながら、悟飯は細めた目であたりを見回す。

「おまえ、変身すると視力ももどるのか？」

ピッコロがあきれ声で言った。


打つ手はほとんど残っていなかった。やけくそのようにキャンセルボタンを連打するが、もちろんきかない。

ヘドは必死の表情で近くにあるタンクを見た。タンクのなかの培養液《ばいようえき》が急激に減っていく。そのとなりのタンクもおなじだった。

起動の最終段階がはじまった。タンクから送りだされたさまざまな色の培養液が、くすんだ灰色のセルマックスにふきつけられていく。

「ところでさっきのピッコロさん、なにが起こったんですか？　すごかったですよ。オレンジ色にかわって、恐ろしく気が上昇してました」

「オレンジ色？」

ピッコロは自分の身体《からだ》を見まわした。

「……そうか。自分ではわからなかったが、まあ、おまえのようにオレも覚醒《かくせい》したってことかな」

「超カッコよかったよ！　ピッコロさん」

パンがピッコロを見あげる。

悟飯がパンの頭をなでながら言った。

「名前つけてくださいよ。超《スーパー》サイヤ人みたいに」

「名前……？　どうでもいいがな」

ほんのすこしのあいだ考えてからピッコロは答えた。

「まあつけるとすれば、オレンジピッコロだな」

「オレンジピッコロって……」


「あ……ああ……」

ゴツ、ゴツッとカプセルのなかから聞こえる音に、ヘドはおびえながらあとずさった。


ガコン！

一瞬の静寂《せいじゃく》のあと、とつぜんカプセルの表面がコブのようにふくれるのが見えた。間をおいて、ふたたびにぶい金属音とともにコブがうまれる。と思えば、今度はたてつづけにカプセルが変形していく。

「あああ……」

金属のこすれるイヤな音とともに、カプセルの表面にスキマができた。そこから勢いよくにごった液体がふきだしてくる。培養液だった。

さらにカプセルの表面がゆがむ。大きなさけめができて、洪水《こうずい》のように培養液があふれでた。そこから全体にいっきにヒビがはしる。

つぎの瞬間、カプセルのまんなかあたりがふき飛んでいた。培養液のしぶきのなかから、巨大な頭部が姿を見せた。それはかつてのセルそのものだったが、ひとつだけ大きくちがう点があった。

巨大なのだ。

その頭部だけで、おそらく人間の数倍の大きさがあるだろう。

「ヴガアアアアァァァ」

それが獣《けもの》じみた声でほえながら、カプセルをへし割って身を乗りだした。そうして大魚のように身をくねらせ、カプセル下のプールにたまった培養液のなかへと飛びこんでいく。

たたきつけた水流におしたおされたヘドは、せきこみながらおそるおそるふりかえった。

その目の前で、白くにごる大波とともに巨大な尾が弧《こ》をえがいた。

分銅《ふんどう》のような尾のはしが水底《みなぞこ》に消える。それからほんのふた呼吸ほどおいて、ザアアと水面がもりあがった。

見あげるヘドの目の前で、プールから身をおこした巨大な影が吠《ほ》え声《ごえ》をあげた。

「オオオオオオオオオオォォォォォ」

セルマックス。

かつてのセルのデータをもとに、最高の能力をひきだした破壊《はかい》衝動だけのバケモノ。

だから、プログラムの完成までまてと言ったのに……。

崩壊《ほうかい》するラボのなか、ヘドはコントロール不可能な生ける恐怖にただふるえることしかできなかった。


セルマックスはなにかに気づいたように顔をあげた。

それからじっと横をむいて遠くを見るように目を細めてから、とつぜん歯をむきだしにして威嚇《いかく》の表情をうかべた。

「オオオオオオ」

バン！　背中の翼をひろげ、セルマックスが身をかがめる。

ヘドは必死でその場を逃げだした。

ラボは基地のきずかれた大きなクレーターに連《つら》なる、ちいさなもうひとつのクレーターの地下深くにあった。

「ガオオオオオオ――……」

その穴の底から獣の吠え声のような、あるいは巨人の雄叫《おたけ》びを思わせる声がとどろいた。

「なんだ？」

気づいた悟飯が顔をあげる。と、小クレーターから飛びだしてくるものがあった。

それはひとり乗りのフライングバイクだった。

バイクは大きくジャンプして基地の庭園《ていえん》のはしに着地すると、バランスをくずして横倒しになりながら数十メートルをすべってようやくとまった。

煙をあげるバイクからはいだしたのはドクター・ヘドだった。ヘドは手首の通信ユニットにむかって言った。

「セルが……セルマックスが起動した！」

ヘドの通信を聞いたガンマ1号が驚きの声をあげた。

「セルマックスが!?」

おなじくヘドの言葉を受信した2号が立ちあがる。

ラボの方向でちいさな爆発がおきた。ふきでる煙を突きやぶってなにかが上昇してくる。

マントのように広げた細長い翼を負い、タテに細長いカブトをかぶったような頭。関節はふしくれだっていて、身体の表面はまだらな模様におおわれていた。

「ハッ」

ふりかえったヘドの顔が驚きにゆがむ。

セルマックスがその力を解放しようとしていた。

「グオオオオオオオオオオ」

セルマックスが吠える。同時にその巨体をおおう巨大なエネルギーボールが出現した。

輝くボールのなかでは、すさまじい勢いでエネルギーが複雑な渦《うず》を描いていた。それは恐ろしい速度で大きさをまし、広大な基地の半分以上をのみこんでいった。

ヘドはバイクに身体が引っかかって動けなかった。光の壁がせまりくるなか、ヘドは絶望の顔でガンマたちを見た。

「博士！」

さけんで2号が、1号が飛びだしていく。

「くっ、ぐわあああ」

1号が圧力にまけて押しもどされる。2号は1号に目もくれず、ヘドを救出するためにさらに進んでいった。

「うおおおお！」

だが、エネルギーの壁は突破をゆるさなかった。やがて2号も姿勢をくずし、後方にふき飛ばされていった。

「うお!?」

衝撃はピッコロたちのもとにもおしよせていた。

おどろきおびえる仲間たちの声が響く。

だが、そこまでだった。エネルギーボールは出現したときとおなじように突然縮《ちぢ》みはじめ、やがて消滅《しょうめつ》した。

ちいさかったはずのクレーターが、ピッコロたちのいるほうの倍以上の大きさにえぐりとられていた。庭園も半分以上がなくなっている。

クリリンが、あたらしいクレーターのうえにうかぶ巨体に半分うめくような声をだした。

「な……なんだあれ」

「チ……チィ……」

ピッコロは顔をしかめた。とてつもない気だった。戦ってどうこうできる相手とはとても思えなかった。

セルマックスがぎろりとこちらに顔をむけた。

「まさか、デカいセルか!?」

18号が驚きをかくさずに言う。

「ブハァー」

空中のセルマックスが、白濁《はくだく》したまがまがしい息を吐きだした。

「くっ、くそ……」

2号が怒《いか》りに満ちた目でセルマックスを見た。

「2号……」

1号の声に2号がふりかえる。

「やるぞっ」

めったに感情を出さない1号が、見せたことのない顔でセルマックスをにらんでいた。

「うおおおおお」

ふたりの人造人間は猛然《もうぜん》と目の前の巨大な怪物に飛びかかっていった。

「オレたちもいくぞ!!」

「……オレたちもいくぞ……って……」

ピッコロの声にクリリンがひきつった顔で笑う。

「悟飯、仙豆《せんず》だ!」

ピッコロが仙豆をひとつ悟飯へとほうる。悟飯はあわてたようすで、目をしばたたかせながら空中に目をさまよわせた。

「え？　……」

仙豆は悟飯の手をすりぬけて、地面をはねてころがった。

「わっ、わっ、あああ……わわわ」

悟飯はあわてて追いかけたが、仙豆はなんどかはずんでそのまま谷底へおちていった。

いっしょにおちそうになって、悟飯は崖《がけ》っぷちでなんとかふみとどまる。

「なにおとしてるんだ！」

「すみません、メガネがなくて……」

身をちぢめる悟飯に、ピッコロは顔をしかめてのこった仙豆を帯にしまった。

「もういい！　仙豆なしで戦え！」

「え……はい！」

飛びだすピッコロを追いかけようとして、悟飯はブルマを見た。

「ブルマさん、パンをおねがいします！」

「まかせて!!」

悟飯は気合いとともに超《スーパー》サイヤ人に変身して飛びあがった。

「おもしろそう!!　いこうぜ！」

トランクスに悟天がうなずく。

「おう!」

「え……あ……」

おどろきあわてるクリリンをしりめに、18号が舌打ちしながら前にでる。

「チッ、しょうがないね」

「えっ……」

飛んでいく18号を見おくりながら、クリリンがあたふたとする。

「……よし! いけーっ!! オレはブルマさんとパンをまもる!!」

「いい役まわりを見つけたわね」

ブルマの声に、クリリンはきまり悪そうに下をむいた。


「ガアアアアア!」

まるで知性の感じられない吠え声とともに、セルマックスはパンチをくりだした。

ガンマ1号はかわすこともできずおもいきりふっ飛ばされた。クレーターの外壁を突き破り、奥にあった岩山に身体をくいこませる。

「とおおおお!!」

1号を殴《なぐ》って姿勢をくずしたセルマックスに、その頭部めがけて2号がキックをいれる。セルマックスはそれをガードしながら、2号を手のひらではらいのけようとした。それをかわし、さらにくりだされたパンチをかわしたところで、2号はふりまわされたシッポに一撃されていた。

「ぐあっ！」

クレーターの底にたたきつけられ、はずんだ2号の身体がさらに近くの斜面に激突する。

「ガアアー！」

セルマックスは2号をさらに攻撃しようとむきなおった。そこへ、悟飯のはなった気功《きこう》弾《だん》が炸裂《さつれつ》する。

セルマックスが悟飯に注意をむけたところへ、後頭部にピッコロの蹴《け》りがきまった。

「オレたちもいるぜー！」

トランクスの蹴りを腕でうけたセルマックスは、背後からの悟天の蹴りをかわせなかった。さらに18号の右ヒザが横《よこ》っ面《つら》にはいる。

だがそれらの攻撃はセルマックスをよけいにたかぶらせただけだった。

悟天をパンチではじき飛ばし、ヒジでトランクスを尾でピッコロをたたきのめし、さらに悟飯と18号を追ってセルマックスが攻撃をくりだしていく。

「くそ……」

「頭のてっぺんをねらえ！　そこが唯一《ゆいいつ》の弱点だ」

セルマックスから距離をとる悟飯の前で、ガンマ1号が銃をぬきながら言った。

「頭のてっぺん?!」

トランクスたちが聞きかえす。

「こういうこともあろうかと、博士はセルマックスに弱点をつくっておいたんだ」

1号の言葉に、ピッコロはセルマックスの頭部に目をやった。

「弱点……！」

「ただし覚悟しておけ！　弱点をついたとたん、セルマックスは細胞ひとつのこさないような大爆発をおこし……自分の命もたすからない」

ガンマ2号がやはり銃をぬきながらそう言った。

「え!?」

トランクス、悟天それに18号がおどろきの声をあげた。

そのあいだにも1号はセルマックスに攻撃をしかけていた。くりだされるパンチをかわして激しい銃撃を頭部にみまう。

「ガァ!?」

いらだたしげに1号を見あげたセルマックスの側頭部《そくとうぶ》に、別方向からのビームが命中する。ガンマ2号だった。

「はあああ……！」

悟飯、ピッコロ、それにトランクスと悟天がいっせいに気功弾をはなった。

セルマックスがむきなおる。あたった、と誰もが思ったその瞬間だった。

人間の数十倍あるはずの巨体が消えていた。

「えっ!?」

悟飯が思わず声をあげる。一瞬ののち、頭上に移動した巨大な気配に全員が顔をあげた。

悟飯をねらって巨大な拳が突きだされた。それをまともにくらい、悟飯が地面にふき飛ばされる。

「悟飯!!」

トランクスと悟天はセルマックスからはなれながら気功弾をはなった。

だが、またもセルマックスは超スピードでその場から姿を消していた。

エネルギー弾を構《かま》えたまま、18号が顔をしかめた。

「……しかし、頭をねらえ……って言っても……これじゃあ」

「くっ！」

ピッコロはセルマックスを追いかけて超スピードで姿を消した。

そのセルマックスはガンマ1号におそいかかっていた。

「くっ……速い……」

1号のビーム弾は、超スピードでかわすセルマックスにまったくあたらなかった。すべての銃弾をかわし、勝ちほこった顔で1号にせまってくる。

あとわずかで相手の手がとどくという瞬間、1号がさっとわきに退《の》いた。1号の背後にいたのはガンマ2号だった。銃を構え、エネルギーをためていたのだ。

2号はさらにセルマックスをひきつけてから、大きく成長したエネルギー弾を発射した。

ドウッ!!

最大級のエネルギー弾に空気がふるえる。

だが、セルマックスはそれを平然と突きやぶって突き進んできた。

「ガァ!!」

2号におそいかかろうとするセルマックスの横あいからトランクスの気功弾が炸裂する。いまいましげにトランクスを追いかけようとすると、こんどは下から悟天の攻撃が飛んできた。

一度にいくつもの方向から攻撃をうけ、いらだったセルマックスが頭をふりながら怒りの吠え声をあげた。

「もらったあ!」

その声とともに、超スピードでセルマックスの背後にピッコロが出現する。そのままセルマックスの後頭部にとりつき、至近距離で気功波《きこうは》をたたきこんだ。

「ガ……ガガ……」

セルマックスの動きがとまった。全身をこきざみにふるわせ、攻撃をうけている頭部が白熱して輝きはじめた。

「やったあ！」

トランクスの歓声《かんせい》が響いた。

だが。

ピッコロの目の前でセルマックスの頭部の光がうすれて消えていく。

「……きいてない……」

「ガアアアア――――!!」

セルマックスはとつぜん身をそらし、全身を発光させた。尾の先端にある塊《かたまり》にあいた穴から指先から、目や口そして身体のいたるところからエネルギービームがほとばしりでる。

「うわあああー!!」

ピッコロたちの声が響く。

ビームはあたりかまわずふれたものを破壊し、焼いた。

「ひいいいーっ！　こっ、こんなのありかよ!!」

トランクスが、悟天がビームの乱舞するなかを逃げまどう。なんとか気の力でガードするが、まともにくらえばただではすまなかった。

ビームはいったん上空にむかったあと、弧をえがいて落下した。それは、離れた場所にいたブルマたちにもおそいかかった。ふりそそぐビームが爆発をひきおこしながら近づいてくる。

「きゃあああー」

ブルマが飛行機にすがりついて悲鳴をあげた。

いちばん前にでて悟飯たちのようすをみまもっていたパンは、せまってくる爆発に足がすくんでうごけないでいた。

「くっ……パーン！」

ブルマに手を貸しながら、クリリンがさけんだ。

その声でわれにもどったか、ふりかえったパンがこちらに走ってくる。

だが、ビームはすぐうしろにせまっていた。そのままではまにあわないことはあきらかだった。

「パーン！　飛ぶんだ──！」

走るパンの足もとがくずれるのが見えた。足場をうしない、小さな身体がよろける。

つづいておきた爆発の閃光《せんこう》が、パンの姿をおし隠した。

声をうしなったクリリンとブルマのみまもるなか、爆発の煙を突きやぶってなにかが空に飛びあがるのが見えた。

パンだった。

信じられないといった顔で、パンは空中にうかんだ自分を見まわしていた。

「パン、大丈夫か？」

「うん」

パンは、ブルマを背負って飛んできたクリリンにむかってうなずいた。

「よ、よかった……ほらー、オレがいてよかったじゃないすか」

クリリンは安心して笑顔になってから、背中のブルマをふりかえって言った。

ブルマが苦笑をかえす。

「まあね。いつでも逃げられるように、飛行機で待機していたほうがよさそうね」


トランクスがとなりの悟天にさけんだ。

「おい悟天、フュージョンだ！　フュージョンするぞ！」

「フュージョン……？　お、おぼえてるかな」

不安そうにこたえた悟天だったが、その心配はみごとに的中した。

手近な岩場におりたふたりは、フュージョンのポーズをとった。

「ん？」

ふたりの動きに気づいたピッコロが肩ごしに見やる。

「フュ――――ジョン！　はっ！」

ピッコロの目は、悟天とトランクスの指先が微妙にずれているのを見逃《みのが》さなかった。

一瞬の輝きのあと立っていたのは、異様にまるっこい例の失敗したアレだった。たしか名前をゴテンクス……あの失敗版でもおなじ名前を名乗るつもりなら。

「……し……失敗だ……くそ……しょうがない！」

ピッコロは言葉を失った。貴重な戦力が三〇分使いものにならなくなったからだ。

「超《スーパー》サイヤ人！　あ……あれ？」

もちろん、失敗バージョンのゴテンクスが超《スーパー》サイヤ人になれるはずもなかった。

「くそ……こうなったら突撃だ!!」

ほとんどやけくそでゴテンクスはセルマックスに飛びかかっていった。それをセルマックスはチラリと見ただけで、シッポのひとふりでふっ飛ばしてしまった。

「わ――――――！」

「………!?」

18号が自分のほうに飛んでくる、みょうにまるい物体に気づいたのは幸運だったといえるだろう。ためらうことなく、18号はゴテンクスをはじき飛ばした。

「おわっ」

はじかれたゴテンクスがガンマ2号にむかったのはもちろん偶然だった。

そして2号は、むかってくるゴテンクスをジャマだとばかり蹴りあげる。

「ぐえっ……」

攻めあぐねてなにか有効な攻撃方法はないかと探していたガンマ1号にすれば、たまたま飛んできたゴテンクスの存在は渡りに船だった。

1号は両手を組んで高くかかげると、ゴテンクスに思いっきりふりおろす。

ドカッ！　ゴテンクスはまっさかさまにおちていった。

「お？」

そこでゴテンクスは、自分がセルマックスの頭のうえにむかっていることに気がついた。

「……しめた！」

気配に気づいたか、セルマックスがあたりをうかがうように動きをとめた。

「だ――――！」

ガン！

ゴテンクスに頭突《ずつ》きをくらい、一瞬セルマックスが上下に押しつぶされたように見えた。

ビシ、ビシッとセルマックスの頭にヒビが入る。

「おー！」

1号、2号が驚きの声をあげるなか、セルマックスが苦悶《くもん》の声とともにのけぞっていく。

「グワァァァ……」

ピッコロは拳をにぎりしめた。

「はじめてフュージョンの失敗が役にたったぞ……！」

だが、どうやらそれがセルマックスの怒りに火をつけたようだった。大きく口をひらき、エネルギービームをところかまわず吐きちらしはじめる。

あたりに破壊の嵐がふきあれた。

「ハァ……ハァ……もっと強い攻撃じゃないと……」

狂乱するセルマックスを遠くに見ながら、悟飯がつぶやいた。

「おい！　おまえたち」

ガンマ2号の声だった。声のほうに目をやると、2号は全員にむかってこう言った。

「おまえたち……離れたところから、いっせいに飛び道具でセルマックスを攻撃してくれ！　身体のどこでもいい！」

「え？　どうするつもりだ……!?」

いぶかる悟飯に2号はなにも答えない。

1号が2号を見た。

「おまえ、まさか……」

2号はニヤリと笑っただけだった。

「やめろ！」

「もうおそい」

1号が身を乗りだして言った。

「だったらオレも！」

「1号はヘド博士をたすけてあげてくれ」

1号が目を見開く。

「なに？」

「生体スコープで見てみろよ。博士は死んでいない」

1号がさっきドクター・ヘドがたおれていたあたりに顔をむけた。短い電子音とともにその表情が驚きにかわった。

「……あ！」

「慎重《しんちょう》さがたりないな」

それだけ言うとガンマ2号は拳をにぎり、左右にひろげて力をこめた。

2号の身体が光につつまれていく。苦しげな声をもらしながら。

「ハアアアアアアアア――」

なおも明るさを増しながら、2号は仲間たちにむきなおった。

「さ、さあやれ!! そしてボクが攻撃をしかけたら、思いっきり遠くに逃げるんだ!!」

言うや、ガンマ2号はありえない速度でまっすぐ上昇していった。

遠ざかる2号を見送りながら、ピッコロが言った。

「あいつはなにをするつもりだ!」

「突撃する気だ」

1号が答えた。

「なに!?」

# DRAGONBALL SUPER

## 其《そ》之《の》七《なな》

# スーパーヒーロー！

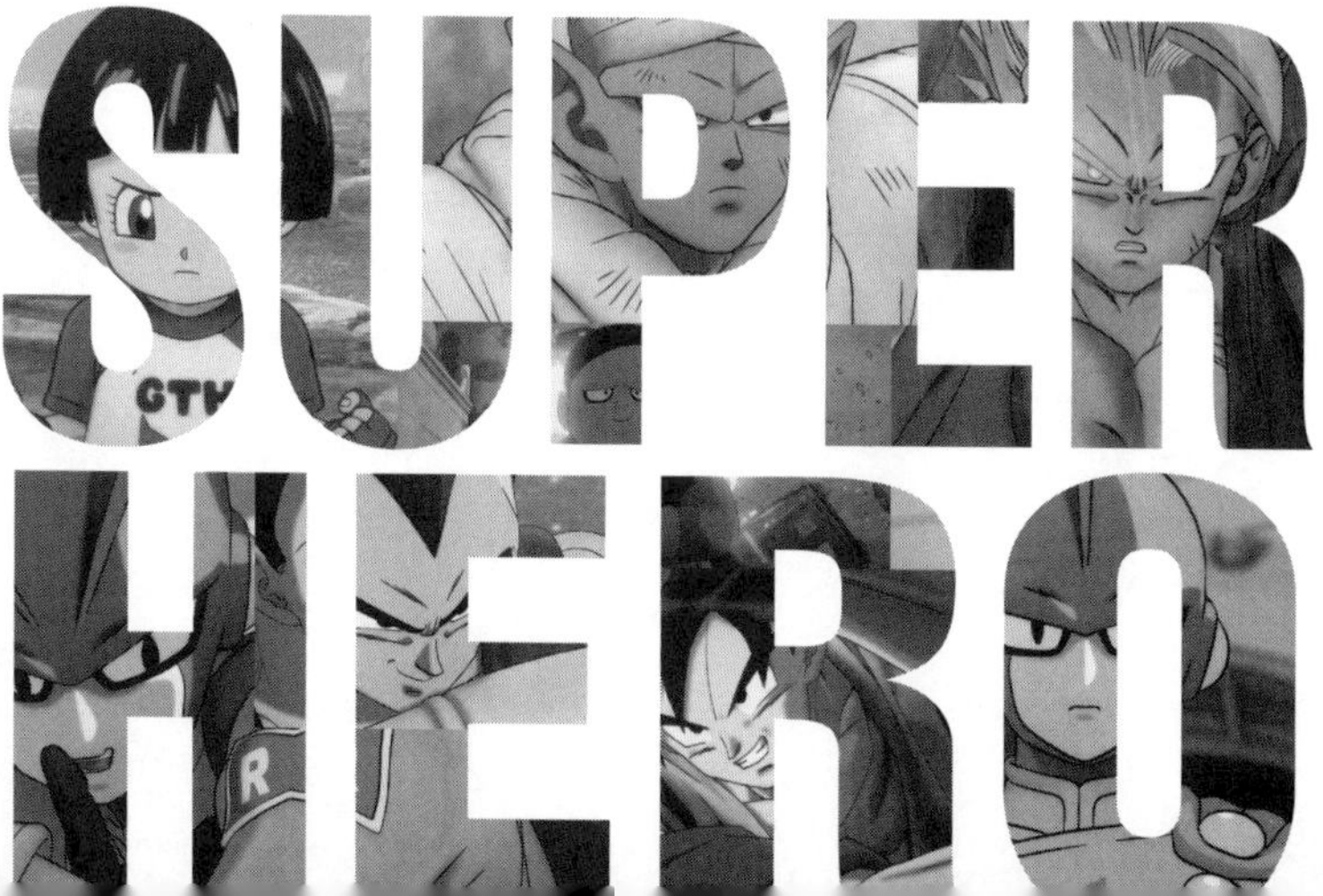

ブルマたちは飛行機で上空に退避《たいひ》していた。

「な、なにやってるのかしら」

不安げに見おろすブルマに、クリリンが真剣な面持《おもも》ちで言った。

「いっせいに攻撃をあびせているようですよ！　オ、オレも!!」

ハッチへむかおうとするクリリンに、ブルマが声をかけた。

「クリリン！　気をつけなさいよ！」

ふりかえってサムズアップしてから、クリリンはハッチの外に身をおどらせる。


そのはるか上空。

地球がまるいことがはっきりとわかる場所にガンマ2号はいた。

その身体《からだ》がひときわ輝きを増す。

「はあああ……」

2号は決意の顔で地上を見下ろした。

「はっ!!」

輝く2号の身体は一条の光となって、まっすぐにそのめざす場所へと飛びこんでいった。

地上では、セルマックスに対してピッコロたちが攻撃をしかけていた。

ピッコロが、悟飯《ごはん》が気功弾《きこうだん》をはなち、ガンマ1号は銃を連射する。ゴテンクスはとりあえず変顔で注意をひきつけることにしたようだった。

そのなかにくわわって、18号もエネルギー弾を撃っていた。

爆発の煙をつきやぶって、18号の前に不意をつくようにセルマックスが姿をあらわした。

「しまっ──」

逃げきれる間合いではなかった。18号はぼうぜんと巨体を見かえした。

「気円斬《きえんざん》!!」

クリリンの声とともに回転する刃《やいば》のような気功波《きこうは》が飛来する。18号につかみかかろうとしていたセルマックスが、それをかわして身をひいた。

「クリリンさん！」

ふりかえった悟飯の視線の先には、こちらにむかってくるクリリンの姿があった。

「18号！」

「たすかったよ」

となりにやってきたクリリンに18号が礼を言う。クリリンは言葉はかえさず、ただ当然じゃないかという目をむけた。

ガンマ1号が上空に目をやった。

空の一点にまぶしいほどに輝くものがあらわれた。

「くるぞ！　はなれろ!!」

「みんな、目をつぶって！」

クリリンが前にでた。両手の人差指と中指をこめかみにあて、気合いとともにさけぶ。

「太陽拳《たいようけん》!!」

セルマックスの目の前に目もくらむ輝きがあらわれた。

「グオオオ……」

セルマックスが手で目をかばいながらあとずさる。そのスキをみて、全員がいっせいに逃げだした。

そんななかガンマ1号だけはひとりピッコロたちとは別方向へ飛んだ。

1号がおりたったのはガレキのなかに倒れているドクター・ヘドのところだった。ヘドを確認すると、1号はそのうえにおおいかぶさった。

セルマックスは目をおおっていた手をはなすと、なにかに気づいたように顔をあげた。

「は――――!!」

ガンマ2号は輝きながらセルマックスめがけてまっすぐ降下した。

頭上に目をやりながら、セルマックスが身構《みがま》えるのがわかった。

「まずい!」

ピッコロがさけぶ。

ガンマ2号より一瞬早く、セルマックスは左腕をかかげていた。

閃光《せんこう》が走った。激突の衝撃がひろがり、セルマックスの立つ地面が大きく沈む。

「グオオオオオ」

2号をうけとめたセルマックスの腕に亀裂《きれつ》が走った。

「があアアアア」

セルマックスの吠《ほ》え声《ごえ》を圧《お》してガンマ2号の絶叫《ぜっきょう》が響きわたる。

ドン!

セルマックスの左腕がちぎれていた。苦しげに息をつき、あれほどにスキのなかった巨体がわずかにゆらぎはじめていた。

だが、そこまでだった。

ぼうぜんと見おろすセルマックスの前には、地面にくいこんで動かなくなったガンマ2号の姿があった。

セルマックスの顔が怒《いか》りにゆがんだ。

「グアアアアアア―――ッ」

吠えながらセルマックスは左足をふりあげた。

「やめろー!!」

さけびながらピッコロが飛びだした。その身体はふたたびオレンジの光につつまれ、戦士の肉体へと変身する。

ガンマ2号のうえにセルマックスの足がふみおろされる寸前、ピッコロはそこに身体をすべりこませていた。

「!?」

足の裏に違和感をおぼえ、セルマックスが見おろしてくる。ピッコロがはいりこんでジャマをしていることに気づくと、うなり声とともに足に力をこめた。

「ぐああ――!!」

ピッコロが苦悶《くもん》の声をもらす。

「てりゃあー!」

横あいから悟飯の気功弾が炸裂《さくれつ》した。

注意を奪われたセルマックスにクリリンがヒザ蹴《げ》りを入れ、ゴテンクスは下から頭《ず》突《つ》きをくらわす。

「どうだー!」

いらだったセルマックスが口からのビームでクリリンたちを追いはらった。

「わー!!」

その間も、ピッコロはセルマックスの足の下で耐えていた。そのピッコロのもとへガンマ1号がやってくる。ガンマ1号は感謝の目でピッコロを見てから、2号を助けおこしてその場をはなれていった。ヘドのもとへとつれていくためだった。

だが、ピッコロはその場をはなれることができなかった。へたに動けば踏みつぶされる。

クリリンがピッコロの横にきて、いっしょにささえはじめた。

「ピ……ピッコロ……デカくなれよ……」

クリリンは顔をしかめながらそう言った。

「なに……?」

「むかし、デカくなったこと……あっただろ……天下《てんか》一武《いちぶ》道会《どうかい》で……」

「……そうか……わすれていた……」

ピッコロがニヤリとなった。

「うおおおお……」

気合いとともにピッコロの身体が大きくなっていく。

セルマックスがおどろきの表情でピッコロを見る。さらに巨大化するピッコロに足をすくわれ、セルマックスはバランスをくずしてあおむけになった。

身構えるピッコロの目の前で、セルマックスは器用に一回転して立ちあがった。

と、やはり悟飯の力は通用しているようだった。

目の前を飛ぶ悟飯を追って、セルマックスが超スピードで追いかける。悟飯はセルマックスが最初に出てきた大穴のところまでやってくると、そこで待ち構えるように静止した。追いついたセルマックスが拳をたたきつける。それをあざ笑うかのように悟飯は超スピードで姿を消していた。

セルマックスは悟飯の姿をもとめて戸惑《とまど》うようにあたりを見まわした。

「ガア……?」

と、とつぜんセルマックスの立つ足場が崩壊した。大穴に身を隠した悟飯が、気功弾でその足もとを狙い撃ちしたのだ。姿勢をくずしたセルマックスは空中に逃げようと翼《つばさ》を開くが、今度は上空に移動した悟飯からの攻撃をうけて穴のなかに落下していった。


ピッコロのダメージは大きかった。息があがり、立っていることさえままならない。

「くそ……おまえらちょっとこい!」

巨大なピッコロの前に、ガンマ1号をふくめた仲間たちが集まってきた。ピッコロほどではなかったが、悟飯以外は誰もがボロボロの状態だった。

ピッコロは悟飯を見た。

「悟飯！」

「はいっ！」

「オレがなんとかしてあのクソッタレを地面にたおす！　チャンスを見てかめはめ波《は》でもなんでもいい……めいっぱいのパワーをためてからヤツの頭をつらぬけ！」

「わ、わかりました」

悟飯の表情に迷いが見えた。ピッコロは念を押した。

「めいっぱいだぞ。遠慮はするな。すべての力をこの一撃にこめろ！」

悟飯はだまってうなずいた。

ピッコロが顔をあげた。クレーターの方向から強烈な気が近づいてくる。

「くるぞ！」

地面からいくつものビームが飛びだしてくる。さらに手が突きだされ、地面を割ってセルマックスの巨体がはいだしてくるのが見えた。

「ガアアアア――――！」

怒りの表情をうかべ、ピッコロたちをにらみつけてくる。

ピッコロはひざまずいたまま鋭《するど》く言った。

「悟飯！」

「はい！」

悟飯がオーラを身にまとう。

同時に、ピッコロは動かない身体を無理やり立ちあがらせた。

「うおおおおおっ!!」

気合いとともに駆けだしたピッコロは、すでにボロボロになっている上着をひき破り、そのままセルマックスの手をつかんで頭をあわせた。

「ガアア……」

すさまじい力だった。いまのピッコロでは、なんとか押し負けないようにするだけでせいいっぱいだった。

「ぐおお……」

気力でねばるピッコロに、セルマックスはヒザ蹴りをたたきこんできた。

「ゲホッ」

さらにシッポの先端が顔にくいこむ。ながれたアゴを拳がとらえた。宙にういた身体をシッポが追い打ちをかけて、ピッコロは大きく飛ばされてうつぶせにたおれた。

「ピッコロさん!!」

悟飯の声にピッコロが顔をあげる。

「くるな！　気を集中させろ!!　ここからが……本気の戦いだ……」

ピッコロは足もとをふらつかせながら立ちあがった。そこへセルマックスが突進する。

パンチをくりだすセルマックスにピッコロも拳で応じた。

「ガフッ……」

相手の攻撃をくらいながらも、ピッコロの拳もまたセルマックスの頬《ほお》にくいこんでいた。

どうやっても倒れそうになかった巨大な怪物が一瞬身体をぐらつかせた。

だがそこまでだった。ピッコロの頬にシッポの先端が命中する。つづいて脇腹《わきばら》にヒザが打ちこまれ、さらにアゴに蹴りがはいった。

「悟飯まだか？　ピッコロが死んじまうぞ！」

クリリンの声は悲鳴のようだった。

「……もう……すこし……」

悟飯はピッコロに目をむけたまま歯を食いしばるようにしてそう答えた。

すでに戦いは一方的なものとなりつつあった。抵抗できないピッコロを、セルマックスは好きに殴《なぐ》りつづけていた。

それでもピッコロは倒れなかった。

「ぐ……ぐぐ……うわあああ!!」

その光景にこらえきれなくなったゴテンクスが飛びだした。

「あ、バカ！」

それを追ってクリリンもセルマックスのもとへとむかう。

「うおおおおー!!」

怒りのオーラをまとったゴテンクスがセルマックスにつっこんでいく。だが単純な突進が通用する相手ではなかった。たやすくガードされ、途中からちぎれた左腕でたたきおとされる。

追ってきたクリリンはそれを見てブレーキをかけたものの、そのスキを見て蹴りつけた18号が捕《つか》まってしまった。

「くっ……うわぁっ!」

「がっ!」

ふりまわされ、投げつけられた18号はクリリンと激突して落下していった。

クリリンたちを見おろしたセルマックスがはっと顔をあげる。いつのまに近づいていたのか、そこにはビームを最大にチャージしたガンマ1号の姿があった。

つぎの瞬間、最大出力で銃が発射される。だが、セルマックスはかかげた手で顔面をガードしていた。手はかすかにこげていたものの、ビームが通用していないのはあきらかだった。

ぼうぜんとなるガンマ1号をシッポが襲った。もはや戦う力が残っていなかったか、1号はあっけなく地面にたたきつけられていた。

「くそっ……」

悟飯は歯がみしていた。たすけにいくことができない自分自身のふがいなさに。

「ヤツをとめねば……」

うわごとのようにそう言いながら、ピッコロがふたたび前にでた。セルマックスがヒジをいれ、胴体に蹴りをはなつがそれでもさがらない。ヒザ蹴りを頭にうけ、のけぞったところにとどめとばかりシッポの先端部がハンマーのようにふってきた。

ガッ。

ピッコロの口もとがつりあがった。荒く息をつきながら、両手でうけとめたシッポの先を逆にセルマックスにたたきつける。

頭を打ちすえられ、バランスをくずしたセルマックスはピッコロにむけてビームをはなった。

ピッコロの左腕が消し飛んだ。

ふたたびピッコロにセルマックスがおそいかかった。

ピッコロの苦悶《くもん》の声を聞きながら、悟飯は自分と戦っていた。

「このままではピッコロさんが……」

「まて……かならず……とめて……みせる……」

ピッコロの声が聞こえた。

「ぐっ……」

セルマックスはピッコロを岩にたたきつけ、さらにいためつけたあと、首をつかんで高くほうりあげた。力なく宙を舞うピッコロにむかって、セルマックスの手からビームがはなたれる。

何回も、何回も。落下することなく、空中にとどまりつづけるように。

凄《すさ》まじい爆発がピッコロをつつみこんだ。

「あ……あ……」

悟飯はそれをぼうぜんと見あげることしかできなかった。

ついにビームがとまった。宙をただよっていたピッコロの身体が、セルマックスのさしあげた手のうえに落ちてくる。

「や……やめろ……」

悟飯のみまもるなか、その手が光を帯《お》びはじめた。

「やめろ！　やめろー!!」

悟飯は絶叫した。

セルマックスの顔がたのしげな笑みにゆがむ。ピッコロをささえる手の輝きがました。

悟飯のなかでなにかの切れる音が聞こえた。

「くううう……うわああああ――――!!」

悟飯のまわりが爆発した。いや――爆発したかのような輝きにつつまれていた。凄まじい気だった。セルマックスが出現したときにもおとらない、いやむしろあれさえ安物の花火に思えるほどの。

セルマックスはそれを本能で感じとっていた。

爆発的な輝きが消える。そこには、銀色の長い髪を逆立《さかだ》てた人影がたたずんでいた。

セルマックスはもはや関心がないとでもいうように、ピッコロをわきに投げ捨てた。

その目はまっすぐ悟飯だけを見つめていた。

「ガアアアア！」

セルマックスが走った。走りながら拳を引き、悟飯にむけて渾身《こんしん》のパンチをふりぬいた。

悟飯はそれをかわそうともしなかった。

パンチが悟飯に触れた瞬間、文字どおりパンチの軌道《きどう》の先にあるものすべてが爆発した。

空気は舞いあがった土煙で白濁し、爆発の余波が暴風となって吹き荒れた。

その風で土煙がふき飛ばされる。

セルマックスのくりだしたパンチの前には、しかし、平然と立つ悟飯がいた。

ガードすらしていない。

にもかかわらず、悟飯の姿はついさっきとすこしもかわらなかった。

「……この程度か」

腹の底が冷えるほど静かな声で悟飯は言った。

「グ……グググ……」

セルマックスは動かなかった。いや、動けなかった。

「こんどは、ボクの番だ」

悟飯は左手でセルマックスの拳をおしのけると、地面を蹴って飛びあがった。

ズボッ！

セルマックスの腹に悟飯の蹴りがくいこんでいた。その一撃で、人間の数倍はある巨体が岩を打ち砕きながらうしろへ大きく飛ばされていった。

セルマックスがつっこんでガレキと化した岩の前に立って、悟飯は静かに相手を見た。

「オオオオオ……グワアアアア！」

怒りの声とともに、セルマックスが立ちあがる。

そのようすをながめていた悟飯の目がすうっと細められた。

土煙がけぶるむこうで、セルマックスのさしあげた手の先にぼんやりと暗い球体が出現した。と、それは瞬時に巨大化して、大陸をおおうほどの大きさに成長する。

天をうめつくすほどの黒い球体を見あげて、悟飯は挑戦的な笑みをうかべていた。

その悟飯の目の前で、球体は一瞬にして数十メートルほどの大きさにまで縮んでいた。

極限まで圧縮され、漆黒《しっこく》に染まった球体は、近くにいるだけで押しつぶされそうな圧力を感じるほどだった。しかもセルマックスのさしあげた右手の先にうかんだまま、さらにまわりのエネルギーを吸収しつづけている。

それを目にしても、悟飯が驚きや恐れを感じているようすはなかった。むしろ、かつて経験したことのない戦いへの期待にワクワクしているようにすら見える。

そのときだった。

ムチのようにしなるなにかがのびてきて、セルマックスの頭と腕にからみついた。

ピッコロの腕だった。

「悟飯！」

「――ハッ！」

悟飯の顔から冷たい笑みが消えていた。

ピッコロの言葉がよみがえる。いま、悟飯のしなければならないことはなにか。

「グウ……」

セルマックスは、うなり声をあげながらピッコロをたぐりよせた。巻きついた腕をひきはがそうと、ピッコロの頭をふみつける。

と、セルマックスの目が見開かれる。

すぐ目の前の残骸《ざんがい》のうえで、悟飯が気を集中しはじめていた。額《ひたい》にあてた指先にむけて、電光のような気があたりを走りまわりながら集まってくる。

「グググゥァア！」

セルマックスは恐怖の表情をうかべていた。翼をふるわせ、飛びあがって逃げだそうとする。それに引きずられながら、ピッコロはいらだたしげに言った。

「くうう……おとなしくしてろ！」

言いながら、左腕を再生してセルマックスの足にからませる。なおも逃げようともがくセルマックスにふりまわされながら、ピッコロは悟飯にむかってさけんだ。

「悟飯ー！　撃て——！」

高度をあげるセルマックスにあわせて、悟飯は基地のメインタワーのうえに移動していた。

全身にまとった気が、前に突きだした二本の指先に集中していく。

「魔貫光殺砲《まかんこうさっぽう》！」

大地をふるわせる声とともに、悟飯の指先から恐ろしいまでに密度の高められた気功波がはなたれた。

「ガアアアアア」

それを目にしたセルマックスは、悲鳴《ひめい》とともに手にしたエネルギーボールを投げつけた。

だがセルマックスが最大の力をこめたエネルギーボールも、悟飯のはなった魔貫光殺砲の前にはシャボン玉のようなものだった。白熱する気の奔流《ほんりゅう》に触れたとたん、ボールは無《む》

残《ざん》にゆがんでぱあんとはじけてしまう。

ピッコロはなおもあがきつづけるセルマックスをはがいじめにしながら、まきつけた手で強引《ごういん》に顔をあおむかせた。

魔貫光殺砲がセルマックスの頭を撃ちぬいたのは、まさにそのときだった。

「アアアアアアァァァ……」

ピッコロの肩口ぎりぎりを通って、強烈な気のながれは空のかなたに消えていった。

額からうえをえぐりとられたセルマックスは、断末魔《だんまつま》にかたまった顔のままクレーターの底へとおちていった。

「やった……やったぞ……！」

戦いをみまもっていたクリリンが喜びの声をあげた。すぐとなりで18号が顔をしかめながらもやはり笑顔をうかべている。

そこへ飛んできたガンマ1号が、せっぱつまった声でさけんだ。

「爆発するぞ！　はなれろーっ!!」

クリリンたちがあわててその場をはなれる。ピッコロがガレキにうまったゴテンクスの足をつかんでひっぱりあげ、加速した。

クレーターの底に横たわっていたセルマックスが、とつぜん風船のようにふくらむのが見えた。

その巨体から何本もの光がもれでたつぎの瞬間、セルマックスは巨大な火球となって大爆発をひきおこした。

おしよせた爆発の輝きが、逃げるピッコロたちを一瞬でのみこんでいった。

セルマックスの自爆は、クレーターにのこっていたものすべてをふき飛ばしていた。

飛行機でパンとともに距離をとっていたブルマは、爆発がおさまったクレーターの上空を旋回《せんかい》していた。

「よかったー、早めに逃げておいて」

「あっ、あの怪物がいない」

窓から外のようすをうかがっていたパンが声をあげる。

「みんな、だいじょうぶかなあ……」

パンの見おろす先に動くものがあった。

それは18号と、足をつかんでひっぱりあげられるクリリンの姿だった。ピッコロや悟飯たちもその近くに立っているのが見える。

「みんな無事のようね！」

土くれやガレキをはらい落としながら、ガンマ1号が立ちあがった。

その下からドクター・ヘドが姿を見せる。ヘドが心配げに見おろしているのは、よこたわったまま動かないガンマ2号だった。

着陸した飛行機から飛びおりたパンは、悟飯とピッコロの姿をさがしてあたりを見まわした。ただよう煙のむこうにならんで立つ影を見つけて、笑顔をうかべて走りだす。

「――オレンジいいですね」

悟飯の声が聞こえた。

「おまえもいいじゃないか。お？」

「ん？」

すこしずつ薄まっていく煙のむこうで、ピッコロの声がそう言いながらこちらを見るのがわかった。同時に悟飯もパンのほうに顔をむけた。

「げ……」

パンは思わず足をとめていた。ピッコロはなんだかひどく大きくなって、しかも顔がこわい。悟飯にいたっては髪の毛が逆さにおいたホウキのようになっていた。

感じられる気はいつものふたりのものなのだが。

と、さあっと風がふきつけ、通りぬけていく煙に一瞬ふたりの姿が隠される。ふたたび煙がはれると、そのむこうからあらわれたのはいつもの悟飯とピッコロだった。

パンは笑顔になって悟飯にむかってかけだした。ドン、と軽く衝撃音を響かせながら。

抱きつかれたいきおいでおもいっきりひっくりかえりながら、悟飯とパンは心から笑うのだった。

それを満足げに見やったピッコロは、すこしはなれた場所で地面にうずくまるガンマ1号に気がついた。

ピッコロにむけてガンマ1号が手をあげる。ピッコロもそれに手をあげて答えた。

「ヤツらがいなければ倒せなかった」

「あんなセルのバケモノ、父さんやベジータさんがいても倒せなかったかも」

ピッコロのうしろで、パンを肩にのせた悟飯がやはりガンマたちを見ながら言った。

「だから平和に見えても油断《ゆだん》はするなと言ったんだ」

ピッコロの言葉に悟飯はもうしわけなさそうにうなだれる。

「そうですね……すいません」

ピッコロはパンをおろすためにかがんだ悟飯を見おろした。

「ところで、さっき撃ったのは――」

「魔貫光殺砲……のつもりでしたが」

悟飯はピッコロを見あげた。

「撃てたのか？」

悟飯は照《て》れ笑《わら》いをうかべて立ちあがった。

「こっそり練習したことが」

「上出来だった」

ピッコロはむっつりとそれだけ言うと、悟飯に背中をむけた。


ヘドは言葉も発さず、ただガンマ2号の手をにぎっている。1号もまた黙ったままじっと2号を見おろしていた。

かすかに息をはく音とともに、2号の身体からゆっくりと力がぬけていった。ヘドが思わず身を乗りだすが、2号の目はもはやなにも見てはいなかった。

やがて音もなく2号の顔が光となってくずれていった。それはまたたく間に全身にひろがり、ヘドのにぎる手が、そして腕が足が胴体が消えていく。

飛び散る2号のかけらを見あげるヘドの顔は、悲しみにみちていた。

「死んだのか？」

ピッコロだった。散りゆく光を見送りながら1号たちのもとへと近づいてくる。

「ああ。せっかくたすけてもらったのに残念だった」

「なにをしたんだ、あのとき」

1号はぬけがらになった2号の服を手にしながら答えた。

「残ったエネルギーを一気につかったんだ」

「おかげでアイツの攻撃力がおちた」

言いながら、ピッコロはヘドの前に腰を落とした。手をのばしヘドの肩にふれる。

顔をむけるヘドに、ピッコロは言った。

「スーパーヒーローだったな」

ガンマ1号はピッコロを見た。

「おまえたちこそ……」

ヘドはガンマ2号のつけていたグローブをにぎりしめながら言った。

「ありがとう。おかげで世界はすくわれたよ」

ヘドはうつむいた。

「ボクのせいだ。ボクがセルマックスをつくった。2号はボクの責任をとって……」

そこへ近づいてきたのはクリリンと18号だった。

「おまえもヤツらに利用されたんだろ？」

「いや、なんとなくわかっていたんだ……ボクは研究費が……ほしくて」

クリリンはさらに言おうとしたが、18号につつかれて結局なにも言えなかった。

「それにしても、あんたよく助かったわね」

こんどはブルマだった。

「ボクはすこしくらいの衝撃にならたえられるように皮膚《ひふ》を改造したんだ」

ブルマは気持ちわるそうに言った。

「皮膚を!?　げげ、それってちょっと引くわー」

「小ジワとるのも改造じゃん」

まるまるとしたゴテンクスがすこし離れた場所からそう言った。

ブルマがこわい顔でゴテンクスを見る。

「いま言ったのトランクスでしょ！」

ゴテンクスがぎくっとなる。とたん、まるでねらったかのようなタイミングで、フュージョンがとけた。

顔をひきつらせてトランクスを指さす悟天《ごてん》にブルマが言った。

「そういえば悟天くん、今日のことはチチさんにはナイショよ？　こんな戦いにさそったなんてバレたらコロされちゃうわ」

「ハイ！」

悟天は背筋《せすじ》をのばして敬礼した。

ブルマはひとつため息をついてヘドを見た。

「ドクター・ヘドだっけ？　これからどうすんのよ」

ヘドは立ちあがり、うつむき加減《かげん》に答えた。

「ガンマといっしょに警察に出頭します」

クリリンが顔を青ざめさせる。

「いやいやいやいや冗談じゃない、警察じゃおまえたちを留置する自信がない」

「なにもなかったってことでいいんじゃないのか？」

おくれて立ちあがったピッコロがヘドを見おろして言った。

「おまえたちはいいヤツではなかったが、わるいヤツでもなかった」

ピッコロのその言葉に、ヘドとともに立ちあがっていたガンマ1号がうなだれる。

みじかい間があって、ヘドが口を開いた。

「じゃあ……ボクとガンマをカプセルコーポレーションでやとっていただけませんか？」

クリリンがすこし驚いた顔をする。18号が顔色をかえた。

「はあ？　ふっざけんなよ！　てめえ、よくそんなことが言えるな！」

身を乗りだしてくってかかる18号を、クリリンが必死でなだめようとする。

そのさわぎをしりめに、ブルマはなにごとかじっと考えこんでいた。

「……あんた、美容的なことってどうなのよ？」

とつぜん水をむけられて、ヘドは驚き顔でブルマを見た。

「美容って……？」

「ちょっと」

ブルマはヘドを指先でさしまねいた。

やってきたヘドに、ブルマは顔を近づけて小声で言った。

「肌《はだ》を若くする、とか」

「……ああ、まあとうぜん生物学的なこともくわしいですし、医師の免許ももっていますからそんな程度のことは」

ブルマはヘドから身体をはなすと、真剣な面持ちになって言った。

「なるほど。あんたのスゴイ能力は会社としてもたしかに魅力的ね。それに――」

ブルマはガンマ1号を見た。

「超優秀なガードマンか。どこかでまたヤバイことをたくらまれてもこまるしね。どう思う、ピッコロさん？」

「オレは反対しない」

ピッコロはヘドからブルマに視線をうつしながらこうつづける。

「ブルマにあんなことでドラゴンボールが使われるより……な」

「うるさいわね！」

ブルマはムッとした顔でピッコロにむけてから、ヘドにむきなおった。

「じゃあきまり！　やとってあげる」

ヘドの表情がぱっと明るくなった。背筋をのばし、ブルマを見あげる。

「ありがとうございます。ほら、おまえも」

「ありがとうございます！」

ヘドにうながされ、ガンマ1号はヘドといっしょにブルマにむかって頭をさげた。

それを見ていたピッコロは、ズボンをひっぱる手を感じて見おろした。

パンだった。パンはピッコロを見あげてちょっと笑ってから、両腕をひろげてむこうへと走っていった。

それからくるりとふりかえり、にぎった両手を脇にあててからすこし腰を落とした。

パンの髪の毛が重さをうしなったようにふわりとうかびあがり、それにおくれて全身が地面をはなれて宙に舞いあがる。

悟天が、トランクスが、クリリンが、18号が、そしてドクター・ヘド、ガンマ1号にブルマ、ピッコロ、そして悟飯がみまもるなか、パンは飛んだ。澄んだ夕方の空を背に、弧《こ》をえがきながら、どこまでも。

ピッコロは満足げに見あげながら、言った。

「あしたからは、つぎのステップのトレーニングだな」

「うん！」

高く高く宙を舞いながら、パンはピッコロに心からの笑顔で答えた。


「ハァ、ハァ、ハァ、ハァ……」

長い長い組手《くみて》もようやくおわりが近づいていた。

悟空《ごくう》は立っているのがやっとといったようすで構えをとった。

対するベジータもまた、あきらかに足もとをふらつかせながら拳を持ちあげた。

「ガァ！」

先に動いたのはベジータだった。ハエのとまりそうなスピードで、悟空にむかってヘロヘロの拳を突きだす。

それがあたったとたん、悟空はグラリと姿勢をくずしてあおむけにひっくりかえった。

「ハァッ、ハァッ、ハァッ、ハァッ……まけたぁー！」

悟空の声からはくやしさがまったく感じられなかった。むしろうれしそうですらある。

優雅にお茶をたしなんでいたウイスが、その声に顔をあげた。

「あっはい、ベジータさんの勝ちぃ～」

いつものように緊張感のかけらもない声でそう宣言する。ビルスはまるで関心がないようすで、イビキをかいてすっかり寝こんでいた。

「……やっ、やった……つっ……ついに……カカロットに……勝ったぞぉ！」

息もたえだえにそう言って、ベジータはガッツポーズとともにひっくりかえる。

「ゼェ、ゼェ、やったぞ……」

「へへッ」

ベジータの声に、悟空も満足そうに笑った。

「やれやれ、やっとおわったか。バッカじゃないの、アイツら」

チライがうんざり顔で悟空たちを見る。

「なあブロリー」

ブロリーといつのまにかその隣に座っていたレモは、悟空たちを見て男泣きに肩をふるわせているのだった。

「男って……くだらない！」

チライは鼻筋《はなすじ》にシワをよせ、両腕をふりあげた。

「あら？」

やれやれと立ちあがったウイスは、杖頭《つえがしら》の玉が点滅していることにようやく気づいた。

「なにか御用でしたか、ブルマさん」

ウイスが杖にむかって答えると、待たされたわりに不機嫌そうでもないブルマの声がかえってきた。

「んもう、おそいわよウイスさーん」

「どうももうしわけありませんでした。ところで、なにかおいしいものでも？」

「う〜ん、まあね。でも料理がさめちゃったから、またこんどねー。じゃ」

光の消えた杖を見かえして、ウイスは不思議そうに首をかしげた。

「あら。なんだったのでしょう……」


というわけで、今回のお話はここまで。

ドラゴンボールをめぐる冒険は、もちろんまだまだつづく。

つぎはどんな事件がまっているのか、それはまたのおたのしみ。

■初出
劇場版　ドラゴンボール超 スーパーヒーロー　書き下ろし

この作品は、2022年6月公開の映画
『ドラゴンボール超 スーパーヒーロー』
をノベライズしたものです。

[劇場版ドラゴンボール超] スーパーヒーロー

2022年6月19日　第1刷発行

著　者／鳥山 明 ◉ 日下部匡俊

装　丁／櫛田圭子〔バナナグローブスタジオ〕

編集協力／佐藤裕介〔STICK-OUT〕

編集人／千葉佳余

発行者／瓶子吉久

発行所／株式会社 集英社

〒101-8050　東京都千代田区一ツ橋2-5-10
TEL　03-3230-6297（編集部）03-3230-6080（読者係）
03-3230-6393（販売部・書店専用）

印刷所／凸版印刷株式会社



Printed in Japan　ISBN978-4-08-703520-9 C0293

検印廃止

JUMP j BOOKS：http://j-books.shueisha.co.jp/

本書のご意見・ご感想はこちらまで！

http://j-books.shueisha.co.jp/enquete/